GLÜCK
und Pech

DAS BUCH

In dem neuen Fall von Kriminalkommissarin Nina Glück rollen die Köpfe schneller, als sie der Lösung näher kommt.

Noch mehr Kopfzerbrechen, als das Motiv hinter den zahlreichen Verbrechen, bereitet ihr nur ihre große Liebe aus längt vergangenen Tagen. Diese Beziehung würde sie nicht nur gerne vergessen, sondern am liebsten ungeschehen machen.

Mehr Informationen zur Autorin finden Sie am Ende des Buches.

GEFUNDEN

Du berührst mich sanft mit erlesenen Worten und
schenkst mir Blicke voll sündiger Schmeichelei.

In der Hektik des Alltags verschaffst du mir Zeit und
Ein Kuss von dir vertreibt meine Sorgen wie durch
Zauberei.

Du gewährst mir Freiraum und bist dennoch zur Stelle,
wenn mir im Alltag der Himmel über dem Kopf
zusammenbricht.

Unberechenbar in Taten erfindest du dich jeden Tag
neu,
dennoch hält jedes Wort aus deinem Mund genau das,
was es verspricht.

Jeden Tag etwas Neues als Bestätigung meines Selbst,
spottete ich früher über die Treue und die Liebe.

Dann traf ich dich, Nina und seit dem steht mein Leben
kopf.
Nun wünsche ich mir nichts mehr, als dass es auf ewig
so bliebe.

Sheriff
Jar Milla

1

Die Zuschauerreihen füllten sich zügig, nur der Platz neben Nina war nach wie vor leer. Immer wieder sah sie auf den verstaubten Sitz, als erwartete sie, dass ihre Verabredung nicht durch den Eingang kommen, sondern aus dem Nichts direkt auf diesem erscheinen würde. Die regelmäßige Nachschau fiel sogar dem Mann auf, der einen Sitzplatz weiter saß, und er schenkte ihr ein aufmunterndes Lächeln.

Sie lächelte zurück, doch dann landete ihr Blick auf seinem goldenen Zahnimplantat und eine längst verstaubte Erinnerung ließ ihre Gesichtszüge erstarren.

Nina wandte den Blick von ihm ab und sah nervös auf die Uhr. Schließlich stand sie auf, begab sich die Stufen, die sich entlang der Sitzreihen befanden, hinunter und danach die Treppe, die durch den Durchgang zurück in die Eingangshalle führte.

„Ich bin's Nina", sie presste sich das Handy noch kräftiger ans Ohr, da hinter ihrem Rücken das große Grölen losgegangen war: Die Mannschaften liefen auf das Spielfeld auf und sie fragte sich, wie sie den Lärm die gesamte Spieldauer über aushalten sollte.

„Du – sorry, ich bin noch in der U-Bahn. Das dauert sicher noch eine ganze Weile", erklärte Iris.

„Ja, da kann man nichts machen." Nina seufzte und fragte sich, ob sie mit der Einladung ins Stadion vielleicht etwas übertrieben haben könnte. Ob ein Nachmittag im Café, beim Kaffee und Kuchen, nicht ausgereicht hätte, um ihre Freundschaft zu festigen.

„Ich beeile mich", versprach Iris, als läge die Verspätung an ihr und nicht an den Störungen, mit denen das U-Bahn-Netz schon seit Tagen zu kämpfen hatte.

„Bis zur Halbzeit wird es sich hoffentlich ausgehen", bemühte sich Nina um etwas Humor. Auch, weil sie sich wünschte, sie würde in der U-Bahn sitzen, damit ihr, die mit Fußball nichts anfangen konnte, das Meiste von dem lauten Spektakel erspart blieb.

„Bis bald."

„Bis gleich", sagte Nina, steckte das Handy anschließend in die Jacke und drehte sich um, um zurück zu ihrem Platz zu kehren.

Noch vor dem ersten Schritt ertönte ein ohrenbetäubender Knall. Zeitgleich mit diesem erzitterte die Konstruktion über ihrem Kopf.

„Scheiße – was war das?", sie sah sich erschrocken aber auch neugierig um. Dabei bedeckte sie mit den Händen ihre Ohren, denn der Knall hallte immer noch in ihrem Kopf nach, als hätte sie unter einer Glocke gestanden, während jemand draufgeschlagen hatte.

Von einer Sekunde auf die andere verflüchtigte sich der Druck in ihrem Gehörgang mit einem spürbaren Plopp. Im selben Augenblick wurde ihr klar, dass das, was sie noch kurz zuvor lediglich als Rauschen vernommen hatte, das laute, panische Kreischen war, das sie durch die Zugänge vom Spielfeld und den Zuschauerreihen erreichte.

Neugierig, was sich hinter den Mauern abspielte, lief sie los. Aber ehe sie die erste Stufe erreichte, fing es an zu knistern, als würde jemand ununterbrochen Feuerwerkskörper zünden.

Sie stoppte, horchte sich um und erkannte schnell, dass dieses Knistern nichts mit irgendwelchen Knallfröschen zu tun hatte. Unbewusst fasste sie sich an die Stelle, an der sie sonst ihre Dienstwaffe trug, aber die hatte sie an diesem Tag nicht dabei. Dennoch stürmte sie die Treppe hinauf, doch da kam ihr die in Panik geratene Masse auch schon entgegen und trug sie regelrecht aus dem Stadion hinaus, bis knapp vor den Eingang der U-Bahnstation.

Nina kam erst frei, nachdem sie über eine Bordsteinkante gestolpert war und zwischen zwei parkende Autos geschoben wurde. Dabei rutschte ihr das Handy aus der Jackentasche und landete auf dem Asphalt.

„Scheiße", fluchend hob sie es vom Boden auf, betrachtete einen Moment lang den Sprung in dem angeblichen Panzerglas und betätigte anschließend die Wiederwahl.

„Nur noch eine Station", brummte ihr Iris vom anderen Ende zu.

„Steig sofort aus und fahr zurück!", keuchte sie ins Telefon.

„Wieso?"

„Hier ist die Hölle los. Zuerst eine Explosion und jetzt schießt auch noch jemand wild um sich", erklärte Nina in einem Atemzug und duckte sie sich. Inzwischen waren auch vor dem Stadion Schüsse gefallen und das an mehreren Stellen zur gleichen Zeit.

„Oh, Gott!", knisterte es plötzlich im Hörer, dann brach die Verbindung ab und Nina wurde klar, dass Iris mittlerweile um die Ecke war und hier jeden Augenblick auftauchen konnte.

*Hoffentlich befolgt sie **meinen Rat**,* sorgte sich Nina und wählte der Reihe nach die nächsten Nummern, aber sowohl der Notruf, wie auch bei ihr im Büro und anderen Polizeistellen, deren Rufnummern sie auswendig kannte oder gespeichert hatte, waren besetzt. Also sah sie sich um, um …

Beinahe hätte sie die Augen verdreht, da ihr die Aussage ihres Ausbilders in den Sinn gekommen war: „Wilde Schießerei auf der Straße? Leute – wir sind nicht in Amerika!"

Vielleicht habe ich die Verschiebung der Kontinente verschlafen, dachte sie.

Die Leute liefen weiterhin panisch umher und es ertönten immer noch vereinzelt Schüsse – einer gar nicht so weit von ihr entfernt und der nächste – noch viel näher.

Die ganze Zeit geduckt, streckte sie lediglich den Hals in die Länge, um aus ihrem Versteck hinauszuspähen. Dabei entdeckte sie eine Frau, die kurz zuvor an ihr vorbeigelaufen war. Nun lag sie tot bäuchlings auf dem Asphalt.

Als ihr ein Schuss direkt am Ohr vorbei gesaust war, holte sie ihren Schlüsselbund aus der Hosentasche und sperrte mit dem Dietrich den Wagen auf, hinter dem sie sich die ganze Zeit versteckte. Dann kletterte sie durch den Spalt in den Kofferraum hinein.

Draußen krachte es noch eine ganze Weile. Hier und da rannte noch jemand an dem Wagen vorbei, wobei Nina nicht erkennen konnte, ob dieser jemand auf der Flucht war oder hinter einem anderen her.

Nach einer sehr langen Zeit kehrte endlich Ruhe ein.

Dennoch wartete Nina noch ein paar Minuten ab und genau dann, als sie sich endlich dazu durchgerungen hatte, ihr Versteck zu verlassen, klickte die Zentralverriegelung und jemand stieg ein.

Sie wollte schnell raus, ehe sich der Wagen in Bewegung setzte, als …

„Was heißt – weg?“

Nina stockte, denn die Stimme kannte sie. Im Dunkeln tastete sie sich die Rückseite der Rücksitzlehnen vor, bis sie den Hebel fand und einen Teil der Lehne umklappte.

„Milan?“, steckte sie staunend den Kopf durch die entstandene Öffnung in den Innenraum.

Der Mann hinter dem Lenkrad legte umgehend auf, warf das Handy auf den Beifahrersitz und spähte mit der Waffe in der Hand zwischen den zwei Sitzen hindurch zu ihr rüber. „Nina?“

Als sich ihre Blicke trafen, fragten sie gleichzeitig: „Was suchst du hier?“

„Ist mein Auto“, erklärte Milan als Erster.

Nina sah sich um, wirkte dabei überrascht, als hätte sie nicht mitbekommen, dass es sich bei ihrem Versteck um einen Wagen handelte.

„Ja, aber hier, mitten in einer Schießerei?“

„Ich war in der Nähe, da habe ich …“, er verstummte abrupt und runzelte mit einem Mal die Stirn. „Moment mal – es ist mein Auto, ich bin dir keine Rechenschaft schuldig.“

„Weißt du, was hier los ist?“, erkundigte sie sich, während sie mühsam durch die schmale Öffnung auf den Rücksitz kletterte. Danach klappte sie die Lehne wieder zurück auf ihren Platz und setzte sich aufrecht hin.

„Alles deutet auf einen Terroranschlag hin", erklärend strich er sich mit dem Zeigefinger über den nicht vorhandenen Oberlippenbart, griff dann schnell nach dem weggelegten Handy und drückte den eingehenden Anruf ab.

„Echt?", wunderte sich Nina und sah sich um. Wieder etwas geduckt, weil sie der Ruhe mit einem Mal nicht mehr traute. „Ja aber … Du sitzt doch quasi an der Quelle – wird denn sowas nicht angekündigt? Oder zumindest anonyme Hinweise, Anzeichen oder sonst was?" Es war zwar nicht ihr Gebiet, aber da sich die Ermittlungen hin und wieder überlappten, glaubte sie, ein kleines bisschen Einblick in die Arbeit der Kollegen zu haben.

„Offenbar nicht", bemerkte Milan, öffnete das Handschuhfach und warf die Waffe hinein.

Nina seufzte laut, wischte sich mit beiden Händen über das verschwitzte Gesicht. Da die Sonne die ganze Zeit auf den Wagen geschienen hatte, war es in dem Kofferraum stickig und vor allem sehr warm gewesen. Bei einem erneuten Rundumblick entdeckte sie die ersten Ankömmlinge des Einsatzkommandos. Ohne ein Wort zum Abschied sprang sie aus dem Wagen heraus und lief mit erhobenen Händen auf den ersten von ihnen zu. „Kriminalkommissarin Nina Glück – ich bin Zeugin. Wer ist der Einsatzleiter?"

2

„Du musst echt überall sein, wie?", fragte ihr Chef nach. Er hatte sie in ihrem Büro aufgesucht und das wollte schon mal was heißen, denn sonst zitierte er nur jeden zu sich.

Nina hob den Blick von den Unterlagen, die auf ihrem Schreibtisch lagen, strich sich mit den Fingern provokativ durch ihr, wie sie fand, immer noch viel zu kurzes Haar, sah ihn an und fauchte: „Das war jetzt eine echt saublöde Bemerkung."

„Ja … sorry", ruderte er zurück, kratzte sich dabei verlegen am Hinterkopf und machte in der Tür Platz für den Gast, da die unpassende Bemerkung nur einen Zweck hatte, und zwar, den Mann anzukündigen.

„Früher warst du nicht so frech zu den Vorgesetzten", verkündete dieser und betrat ihr und Sheriffs Büro.

„Früher habe ich auch nicht", sie stockte, nachdem sie Oskar bemerkt hatte. Dieser hatte sich nicht, wie angenommen, längst zurückgezogen, sondern stand weiterhin hinter dem Gast und lauschte dem Gespräch. „Vergiss es …", brummte sie und wandte sich wieder ihren Unterlagen zu.

„Hast du deine Tage, weil du so mies gelaunt bist?", versprühte er weiterhin seinen ganz besonderen Charme. Dann kam er ihr ohne Aufforderung noch näher, stellte sich neben sie und warf einen Blick auf ihren Schreibtisch, worauf sie sofort all die Fotos und andere Unterlagen ihres aktuellen Falls zu einem Haufen zusammen schob und die Tageszeitung mit dem Bericht über den Anschlag im Stadion oben drauflegte.

„Seit wann hast du Geheimnisse vor mir?", klang er beleidigt.

„Ich bezweifle, dass du wegen eines misslungenen Raubüberfalls hergekommen bist. Es sind also laufende Ermittlungen, die dich nichts angehen."

„Puh, das wird ja immer schlimmer – machen dir etwa schon die Wechseljahre zu schaffen?", spielte er den langen Zeitraum an, in dem sie keinen Kontakt hatten.

„Nein. Ich hab nur nicht mit dir gerechnet. Schon gar nicht zwei Mal hintereinander nach ganzen fünfzehn Jahren."

„Da ist jemand sauer", zwitscherte er.

„Ja und wie ich finde – zurecht. Außerdem habe ich viel zu tun", entgegnete sie barsch, schob den Stapel zur Seite und sah zu ihm hoch. „Was willst du?"

„Zeugenbefragung."

Nina blinzelte, dann dämmerte ihr endlich. „Du? Seit wann?"

„Tja, Fleiß zahlt sich eben aus. Und Sprachkenntnisse und Erfahrung und …"

„Bei so viel Selbstüberschätzung kommt es mir bald hoch."

„Komm, lass es uns beim Mittagessen besprechen", schlug er vor und wollte auch schon wieder raus aus ihrem Büro.

„Ich sagte doch, ich hab zu tun. Du wirst dich mit meiner protokollierten Aussage zufriedenstellen lassen müssen. Mehr habe ich sowieso nicht zu sagen.“

„Nicht dein Ernst?“

„Doch – mein voller Ernst“, behauptete sie mit erns-
ter Miene, holte den Stapel wieder zu sich und breitete
die Unterlagen von neuem auf ihrem Schreibtisch aus.

Milan wartete dennoch weiter, aber da Nina tat, als
wäre er längst weg und ihm nur noch Sheriff die Aufmerksamkeit schenkte, die er sich von seiner ehemaligen
Flamme erhofft hatte, hörte er schlagartig auf zu grinsen und verließ ihr Büro.

Eine Weile las sie weiter in den Protokollen der
Spurensicherung und betrachtete die dazugehörende
Fotodokumentation, dann … „Was ist?“, fragte sie
ihren Kollegen, ohne den Kopf zu heben.

„Wer war das?“

„Milan Brkič.“

„Etwa – der Milan Brkič?“

Nina zuckte nur mit den Schultern. „Weiß nicht, ich
kenne nur den einen … und auch der ist schon einer zu
viel.“

„Komm schon. Er ist eine ganz große Nummer in
der Abteilung für Sondereinheiten.“

Doch Nina fuhr mit ihrer Arbeit fort, als hätte sie
dies überhört, und meldete sich erst nach einer ganzen
Weile wieder zu Wort: „Ich hol mir jetzt einen Kaffee.
Willst du auch einen?“ Sie stand auf und schlurfte zur
Tür. Ehe sie die Hand auf den Griff legen konnte,
wurde die Tür wie von Geisterhand aufgerissen. Nina
sprang zur Seite, um nicht eine übergebraten zu
bekommen. „Wow – du auch? Und sogar zwei Mal am
selben Tag?“, kommentierte sie das Auftauchen ihres

Chefs.

„Echt Nina, musst du wirklich jedem auf den Schlips treten?", jammerte er.

Statt etwas zu sagen, riss sie nur die Augen auf.

„Willst du dich tatsächlich mit einer Beschwerde wegen unkooperativen Verhaltens herumschlagen? Jetzt, wo du extra die Kommission bemüht hast, um dein altes Verfahren neu aufzurollen?"

„Wegen ihm hab ich ja damals nur knapp an der Suspendierung geschrammt!", fauchte sie ganz laut, weil sie sich sicher war, dass sich Milan noch in der Nähe befand.

„Besser suspendiert als tot!", entgegnete er in derselben Lautstärke und trat durch die offene Tür von Oskars Büro in den Gang hinaus.

„Er hatte keine Waffe!", keifte sie erregt, kehrte umgehend zu ihrem Tisch zurück, holte die Strickjacke von der Sessellehne und ihre Handtasche aus der Schublade ihres Schreibtisches, eilte erneut zur Tür und drängte sich an ihrem Chef vorbei.

„Nina?!", wunderte sich Oskar und sah ihr nach, wie sie zuerst in Richtung seines Büros lief, urplötzlich stehen blieb, sich umdrehte und sich dann für das andere Treppenhaus entschied. Nur, um nicht an dem verhassten Exfreund vorbeilaufen zu müssen.

„Ich muss einer Spur nachgehen, solange sie noch heiß ist!", erklärte sie.

„Der Zorn der Verschmähten? Wie unprofessionell!", rief ihr Milan hinterher, worauf sie wahrhaftig stehenblieb.

„Also wirklich! Hättest du mich nicht vor fünfzehn Jahren abserviert, dann wäre es eben zu einem anderen

Zeitpunkt passiert. War schließlich nicht das erste Mal“, erklärte sie schnell und wollte schon weitergehen.

„Ich will dich dabei haben“, machte er ihr unerwartet genau das Angebot, von dem sie Jahre lang geträumt hatte.

„Vergiss es!“, stellte sie klar und lief die Stufen hinunter.

3

Seine Finger erreichten den Verschluss ihres Büstenhalters. Ehe es ihm gelungen war, diesen mit nur einer Hand zu öffnen, drückte sie mit ihrem Oberarm seinen Arm nieder, um ihm deutlich Grenzen zu setzen.

Sogar beim Küssen kam sie gegen den inneren Widerstand nicht an. Es war zu hell, die Straße zu belebt und um sie herum zu viel los, um sich mit Intimitäten zu tarnen. So kam ihr die Sichtung, als sie an Sheriff vorbeischielte, gerade recht.

„Er kommt", flüsterte sie ihm zu, worauf sie sich voneinander lösten, beinahe zeitgleich aus dem Wagen stiegen und dem Verdächtigen hinterherliefen.

„Nehmen Sie die Hand aus der Tasche raus!", rief ihm Sheriff zu, während er die Hand auf die Waffe in seinem Halfter legte.

„Hier!", sagte Nina und reichte dem Mann ein Papiertaschentuch.

„Dan-tschie!"

Noch während er sich die Nase putzte, legte ihm Nina die Handschellen an und übergab ihn den Kollegen.

„Hätte ins Auge gehen können", rügte sie Sheriff.

„Was? Etwa das vollgerotzte Taschentuch?" Sie warf ihm nur kurz einen Blick zu und eilte voran zurück zum Wagen. „Ich hab gesehen, wie er das Ding reingestopft hat.“

„Du bist irgendwie – gereizt.“

„Wundert’s dich? Was sollte das vorhin im Wagen? Hätte ich ihm etwa ohne Büstenhalter hinterherlaufen sollen? Hast du sie noch alle?“

Sheriff lief ihr nach, packte sie am Oberarm und zog sie in die schmale Einfahrt des Mehrfamilienhauses zurück. Erst als sie aus der Hörweite aller geraten waren, hakte er nach: „Liegt es wirklich an mir?“

Nina wand sich in seinen Armen heraus, trudelte mit dem Blick umher, nur um ihn nicht ansehen zu müssen.

„Ist es die Schießerei …?“

„Weißt du noch, was deine Oma gesagt hat?“

„Was – das du alt bist? Nimm dir das nicht so zu Herzen. Sie hat mit vierzehn ihr erstes Kind bekommen –“

„Nein – das mit dem Fluch.“

„Ni-na“, klang er ratlos.

„Oskar hat recht, ich trete von einer Scheiße in die andere.“

„Bist du damals auch in irgendeine Scheiße getreten?“

„Nein, aber Milans Meinung nach habe ich Scheiße gebaut.“

„Erzähl mal …“

Nina fegte nur mit der Hand durch die Luft, als würde sie eine Mücke vertreiben.

4

Die Blicke waren ihr vertraut, allerdings waren gerade diese Teil ihres wiederkehrenden Alptraums, in dem sie nackt zum Dienst erschienen war. Deshalb musterte sie sich gleich mehrere male prüfend, aber ihre Kleidung war komplett, nicht zerknittert und sauber. Von den Seilabdrücken auf ihrer Haut – den Spuren der letzten Session mit Niko – war auch nichts mehr zu sehen. Und dennoch starrten sie sie an.

„Was ist?", platzte es schließlich aus ihr heraus.

„Oskar will dich sprechen", lieferte ihr jemand den ersehnten Hinweis.

„Wodurch fühlt er sich jetzt wieder auf den Schlips getreten?", knurrte sie mürrisch, da sie Milan hinter der anstehenden Standpauke vermutete. Dennoch begab sie sich auf direktem Wege zu Oskar, um es schnell hinter sich zu bringen.

Und ihm schien es ebenfalls nicht schnell genug gehen zu können, denn kaum war sie durch die Tür gekommen, legte er auch schon los: „Der Typ ist echt lästig und ich hab wirklich andere Dinge zu tun, als ihm ständig zu erklären, dass er dich lediglich anfragen kann, ich dir aber nicht den Befehl erteilen werde, ihn zu unterstützen. Abgesehen davon ...", er holte tief Luft und lehnte sich in seinem breiten Sessel zurück. „Abgesehen davon wundert sich hier jeder, ich eingeschlossen, warum du nicht willst.“

„Weil er nur jemanden sucht, der für ihn als Sünden-
bock hinhalten soll, falls dabei was in die Hose geht.
Und offensichtlich hält er mich für diese Rolle wie
geschaffen. Er wird dann sagen, dass er es eigentlich
hätte wissen müssen, er mir aber unbedingt die Chance
geben wollte, mich zu beweisen. Wetten?“

„Bist du nicht ein bisschen paranoid?“, er stockte
umgehend. „Entschuldige.“

„Ach – hör endlich auf! Ja, du hast mich gebeten,
nach deiner verschwundenen Sub zu suchen, aber an all
dem, was danach passiert ist, trägst du keine Schuld.“

„Wir haben uns getrennt. Sie ist zu ihrem Mann
zurück.“

„Kommt vor. Falls du dich nach einer Runde Mitleid
sehnst – bist du bei mir an der falschen Adresse.“

„Mitleid von dir ist, als wollte ich Salz in die Wunden
gestreut haben. Nein, danke. Ich bin nicht ansatzweise
masochistisch veranlagt.“

„Soll ich ihm etwa nur deshalb helfen, damit ich dir
nicht pausenlos über den Weg laufe und dich nicht ständig an Ona erinnere?“

Oskar schwieg.

„Mann, du bist so jämmerlich!“, verzog sie das
Gesicht und verfiel ins Grübeln.

Seit sie bei der Polizei angefangen hatte, träumte sie
von einem Job wie dem von Milan. Und jetzt, wo genau
dieser Job zum Greifen nah war, war es genau Milan,
der sie hinderte, das Angebot anzunehmen.

„Okay, aber nur, wenn du Sheriff ebenso
abkommandierst. Ich will mich mit dem Arschloch
nicht alleine herumschlagen müssen. Mit Sheriff habe

ich wenigstens jemanden an meiner Seite, der mich davon abhält, ihm an die Gurgel zu gehen."

„Gott, du vereinst all diese unausstehlichen Fernsehkommissare in eine Person. Echt zum Würgen."

„Oh, schön, das jährliche Mitarbeitergespräch hätten wir somit auch erledigt. Wo muss ich unterschreiben?", sie schenkte ihm ein aufgesetztes Lächeln.

Oskar seufzte und wartete, dass sie sein Büro verließ, aber Nina rührte sich nicht von der Stelle, da sie auch für sich einen Deal aushandeln wollte und es deshalb mit der vorgeschriebenen Feedbackrunde ernst meinte.

„Wehe, es macht die Runde", beschwor er sie und holte schließlich aus einer der Schubladen das erwähnte Formular heraus, kreuzte schnell einige der Kästen an und legte es ihr vor. Nachdem sie ihre Unterschrift darunter gesetzt hatte, stand sie auf und wollte gehen, als er sie mit einer Frage aufhielt: „Steht schon ein Termin für deine Anhörung fest?"

Nur langsam wandte sie sich ihm wieder zu, als vermutete sie etwas Unangenehmes. „Ja – und?"

„Ich wünsche dir viel Glück."

„Ich brauche kein Glück", fauchte sie. „Ich brauche nur eine Kommission, die fähig ist, die Wahrheit zu erkennen, und die sich von Blendern nicht blenden lässt", verkündete sie ätzend und verließ sie sein Büro.

*

„Ich hab gedacht, wir fahren gemeinsam", rief er ihr schon von der Stadiontreppe zu, kaum dass er es durch den dunklen Durchgang ans Tageslicht geschafft und sie zu sehen bekommen hatte. Dann lief er die letzten

Stufen hinauf, kam um die Abgrenzung aus Beton herum und stieg die paar Sitzreihen hoch.

„Ich hab mein eigenes Taxi“, bemerkte sie kalt und machte einen Schritt zur Seite, worauf er endlich den knienden Sheriff bemerkte.

„Ein Anstandswauwau?“

„Im Gegenteil zu dir verteilt er seine Duftmarke nicht in der ganzen Stadt.“

Sheriff räusperte sich und stand auf. „Vielleicht sollte ein anderer die Ermittlungen übernehmen, was denkt ihr?“

„Bin voll deiner Meinung“, murmelte Nina und wandte sich wieder ihrer Arbeit zu.

„Begraben wir das Kriegsbeil“, kam Milan ihnen noch einen weiteren Schritt näher.

Als wollte sie sich unbedingt seinem Blick entziehen, drehte sie sich langsam im Kreis herum und sah sich in dem Stadion um. Doch überall anders sah alles wie gewohnt aus. Also eigentlich so, wie sie es von ihrem Besuch in Erinnerung hatte, da sie in ihrem gesamten Leben nur dieses eine Stadion von innen zu sehen bekommen hatte. Und dann ließ sie die beiden wissen, was ihr schon die ganze Zeit durch den Kopf ging. „Eine einzige Bombe? Reichte das Geld etwa für weitere nicht aus?“ Sie verstummte für einen Moment, als wollte sie ihnen Zeit zum Nachdenken geben, dann sah sie Milan direkt in die Augen. „Oder sind die anderen nur nicht hochgegangen?“

„Entschuldigt mich kurz …“ Milan drehte sich auf der Stelle um und eilte seinen Männern hinterher.

„Echt krass", keuchte Sheriff vor Entsetzen und deutete dabei auf die zerstörten Sitze und Brandspuren in dem Krater im Beton.

„Krass?" Nina richtete den Blick zum Himmel, aber das Flugobjekt, von dessen Brummen der Rotorenblätter sie angelockt worden war, schwebte direkt vor der Sonne und war somit für sie nicht sichtbar. Also senkte sie den Blick wieder und betrachtete weiter die Verwüstung. „Hätte Iris sich nicht verspätet, würde ich jetzt nicht hier neben dir stehen. Das war mein Platz", sie zeigte auf die eine Stelle, an der nicht einmal mehr von der Verankerung des Sitzes etwas übrig geblieben war.

„Nina …" Sheriff wollte ihr die Hand auf die Schulter legen, aber sie wich ihm aus. Ehe er einen neuen Versuch starten konnte, war Milan zurückgekehrt.

„Ich hab Verstärkung angefordert", verkündete er.

„Weiß man schon etwas über die Opfer?", erkundigte sich Nina.

„Ich hab die Unterlagen bereits angefordert und sie in dein Büro bringen lassen", entgegnete Milan und dieses Mal ohne sie anzugrinsen, als wollte er ihr jeden Augenblick ein Drink spendieren oder sie zu sich nach Hause einladen.

„Gut, schaffst du es in einer Stunde?"

„Ja … sicher, aber willst du nicht erstmal hier weiter machen?"

„Werden wir auch, sobald wir grünes Licht bekommen. Ich habe keinen Bock, nochmals einer Explosion beizuwohnen", stöhnte sie, während sie sich bückte, um einen unbekannten Splitter aufzuheben, der in der Sonne glänzte. Bevor sie ihn ergreifen konnte, vernahm sie einen Pfiff und in dem Krater, unmittelbar neben diesem Splitter, entstand ein Loch.

„Weg hier!", rief sie, packte beide Männer am Arm und schob sie die Betonstufen runter. Doch schon nach zwei Schritten ließ sie beide wieder los, kehrte schnell zurück, sammelte den glänzenden Gegenstand und das Projektil auf, und rannte den Männern die Treppe, die in die Eingangshalle führte, hinterher.

„Hast du den Tatort nicht absichern lassen?!", fauchte sie Milan an, kaum dass sie sich in Sicherheit wog. Dabei zog sie sich den löchrigen Handschuh runter und schüttelte die Hand, um ihren verbrannten Fingerkuppen durch die Luftbewegung Abkühlung zu verschaffen.

„Klar doch, bin ja kein Anfänger."

„Dann muss es ein Scharfschütze gewesen sein", verkündete sie und blickte hoch zu der Decke, als könnte sie durch Stahlbeton sehen. Doch der Blick diente lediglich der Überlegung, welche Gebäude sich rund um das Stadion befanden, um sich auf die Suche nach dem Schützen begeben zu können.

„Vielleicht solltest du …", richtete Sheriff das Wort an Nina.

Statt ihm zuzuhören, wandte sie sich Milan zu und wies ihn an: „Eine Stunde."

Nachdem er zustimmend genickt hatte, drehte sie sich um und verließ den Tatort.

„Ist sie immer so launisch?", ätzte Milan, kaum dass sie aus der Hörweite geraten war.

„In der letzten Zeit lief es nicht so gut für sie", kam Sheriff über die Lippen, obwohl er nicht vorhatte, sie in Schutz zu nehmen. Vor allem, weil er der Meinung war, sie hatte dies nicht nötig.

„Für Nina lief es doch noch nie gut“, bemerkte Milan giftig.

„Übrigens – ich bin Sharif Maqbool.“ Sheriff reichte ihm die Hand, ohne auf die Meldung einzugehen.

„Ihr Neuer? Sie hat den Ruf, nichts anbrennen zu lassen“, teilte Milan weiter aus.

„Stimmt – du bist ein Arschloch“, verkündete Sheriff und zog die Hand unverrichteter Geste zurück.

„Hat sie das etwa gesagt?“

„Nein – bei uns hat jeder das Recht auf seine eigene Meinung. Und das hier war meine“, sagte er und eilte Nina hinterher.

5

Sie tänzelte wie ein Bär auf heißer Kohle, nachdem er ihr die Klammer von dem Nippel abgezogen hatte und ihn nun zwischen den Fingern zwirbelte. Seine Küsse erstickten jedweden ihrer lauten Proteste im Keime, weshalb er von ihr, außer Keuchen und Stöhnen, nichts zu hören bekam.

Nach einer Weile löste er seine Lippen von ihren und schubste sie von sich weg. Nina taumelte einen Schritt rückwärts, bis sie mit dem Bein gegen das Bett stieß und auf die Matratze stürzte.

Als er ihr die zweite Klammer abzog und den Busen zu kneten anfing, nahm er ihren anderen Nippel vorsichtig zwischen die Zähne und steigerte allmählich den Druck.

Auch Nina biss die Zähne zusammen, presste die Lippen aneinander und legte den Kopf so weit in den Nacken, wie es ihr im Liegen möglich war.

Irgendwann kam sie dagegen nicht mehr an und schrie auf. Gleich als sie den Mund geöffnet hatte, warf er sie um, küsste sie zuerst auf die offene Handfläche, die sie auf ihrem Steißbein gebettet hatte und drückte ihr anschließend die gefesselten Arme mit seinem eigenen Körper nieder.

Sie verbog den Rücken, bis ihr ein unangenehmes Ziehen Grenzen setzte. Aber nur dann, wenn sie den Po hoch genug gehoben hatte, konnte er trotz ihrer gefesselten Beine den Akt vollbringen und darauf hatte sie es seit Anfang dieser Session abgesehen gehabt.

Ihre Gedanken schweiften ab. Je größer ihr Verlangen wurde, selbst Hand an sich zu legen, was ja nicht ging und ihr das Vergnügen deshalb verwehrt blieb, umso präsenter wurde die Erinnerung an die letzte Nacht mit Sheriff.

Ehe dies für sie genau in das hinausarten konnte, was sie von Anfang ihres polyamoren Selbstversuches an befürchtete, hob sie ihm ihren Po noch mehr empor und presste gleichzeitig die Stirn in die Matratze. Dann lieferte sie sich dem Rhythmus seiner Bewegung und der Musik seines Stöhnens aus, bis …

„Ja …“, jauchzte sie, obwohl nur er gekommen war. Dennoch war das Vergnügen auf beiden Seiten gleich groß gewesen.

Während er sich umgehend ins Bad begab, blieb sie liegen. Gemeinsam zu duschen gehörte nicht zu ihren Vorlieben. Nach dem Sex weiterhin in Fesseln zu verweilen hingegen schon. Obwohl gefangen, konnte sie ihre Gedanken ungehindert schweifen lassen …

„Für welchen von uns beiden wirst du dich am Schluss entscheiden?“, schien er über ihre Bedenken bestens Bescheid zu wissen.

Niko deckte den Tisch, während sie sich nach der Dusche in seinen Bademantel hüllte und von neuem in Gedanken versank.

„Hätte ich es etwa tun sollen?“, kehrte sie zu einem ganz anderen Thema zurück.

„Kannst du wirklich mit diesem Typen zusammenarbeiten, obwohl du ihm nicht mehr vertraust?", wusste er ihre Frage richtig zuzuordnen.

„Dreizehn Menschen sind tot, fast fünfzig schwer verletzt …", zählte sie auf, während sie in dem Salat, den er auf ihren Wunsch kredenzt hatte, stocherte.

„Hm", brummte er, auch wenn sie den Verdacht hegte, dass es nicht nur daran lag, weil er den Mund vollhatte.

Sie unterhielten sich nicht über den Inhalt ihrer Arbeit und wenn, dann vernahm der andere das Meiste davon nur wie das Rauschen der Klospülung hinter verschlossener Tür. Es war da, aber man ignorierte es.

„Es tut mir sehr leid", verkündete sie plötzlich.

„Ach – hör doch auf, Iris ist dir nicht böse."

„Und du?"

„Wieso sollte ich? Du hast ja das Ganze nicht verursacht. Also: Dir ist nichts passiert, Iris ist nichts passiert – alles bestens."

Nina legte ihm die Hand auf seine, worauf er sich zu ihr neigte und sie auf den Mund küsste.

6

„Hast du schon was Neues?", fragte er, nachdem sie im Büro wieder aufeinandergetroffen waren.

„Eine einzige Bombe, und zwar mit – ich zitiere – geringer Sprengladung …"

„Gering …", brummte Sheriff und schüttelte dabei entsetzt den Kopf.

„Mir sind diese Maßstäbe auch nicht recht, aber so ist es nun mal: Die Schießerei vor dem Stadion hat mehr Personenschaden angerichtet", teilte sie ihm die Ergebnisse des Telefongespräches mit dem Einsatzleiter mit, den sie an dem Tag des Anschlags vor Ort kennengelernt hatte.

„Davon habe ich auch schon gehört. Ich meinte die Opfer."

„Wenn man die von den Sitzplätzen bedenkt, könnte man jedes asoziale Arschloch beschuldigen. Milan inklusive."

„Wieso?"

„Der Sportclub hat einer sozialen Einrichtung ein paar Eintrittskarten geschenkt. Drei von den fünf, die sie bekommen haben, sind jetzt tot."

„Behinderte?"

„Nee, ehemalige Obdachlose", erklärte sie, hob währenddessen den Kopf hoch und sogar Sheriff konnte nun an ihren Augen ablesen, was ihr gerade durch den Kopf ging.

„Kennst du sie etwa?“

„Einen – womöglich. Es ist eben schon sehr lange her.“ Nina überlegte, ob der Mann sie erkannt haben könnte, weil er ihr so zugelächelt hatte.

*

„Wo geht ihr hin?“, erkundigte sich Milan, nachdem sie ihm im Flur in die Arme gelaufen waren.

„Einer Spur nach“, antwortete Sheriff.

„Da fahre ich doch gleich mit“, entschied er und gesellte sich dazu.

„Gerne, aber freie Plätze gibt es nur noch am Sozius“, erklärte Nina.

„Das eine Mal wirst du bestimmt mit mir tauschen“, schenkte er ihr ein verheißungsvolles Lächeln, das sogar Sheriff hätte umstimmen können. Nina ließ es jedoch vollkommen kalt.

„Nö – bin traumatisiert.“

„Ein netter Versuch, aber einer von der ganz schlechten Sorte“, gähnte er gelangweilt.

„Das ist kein Witz“, merkte Sheriff an und wandte sich Nina zu. Er betrachtete ihr Haar, das sie nicht mehr unter einer Perücke versteckte und dachte darüber nach, ob sie das Erlebte wirklich so locker weggesteckt hatte, oder diese Bemerkung eine Anspielung auf etwas war, das sie vor allen verheimlichte.

„Ihr verarscht mich“, wollte es Milan auch weiterhin nicht glauben und grinste entsprechend immer breiter.

„Frag Oskar. Der kommt allerdings erst in einer Stunde“, erklärte Nina, während sie bereits die Treppe hinunterlief.

7

„Schrecklich", sagte einer von den Bewohnern, die sich im Eingangsbereich der Einrichtung zusammengefunden hatten, nachdem die Nachricht – die Polizei wäre im Haus – die Runde gemacht hatte.

„Ja, schrecklich", murmelte Nina, „wenn man sich vorstellt, dass, während hier getrauert wird, man sich wo anders über die endlich freigewordenen Wohnplätze freut."

„Ist das jetzt irgendeine Anspielung?" Sheriff betrachtete die geschmückte Gedenktafel und blätterte in dem Buch, in dem die Bewohner ein paar Worte zum Abschied von den Verstorbenen niederschreiben konnten.

„Keine Anspielung. Fakt aber ist, dass Plätze, wie die hier, sind rar", flüsterte sie ihm zu und wandte sich sogleich von ihm ab. „Was ist Ihr Schwerpunkt?", erfragte sie deutlich lauter bei der Einrichtungsleitung.

„Wir bieten Betreuung rund um die Uhr an. Und zwar für Menschen, die nicht mehr imstande sind, ihren Alltag gänzlich alleine zu meistern. Sei es Behördenwege, Arzttermine oder Einkäufe für den täglichen Bedarf."

„Und da sind die Herren alleine zum Stadion gefahren?", wunderte sich Nina.

„Nein. Unser Zivildiener hat sie begleitet", erklärte die Leiterin und wurde dabei blass um die Nase.

„Okay – ich verstehe", bemerkte Nina und dachte an den jungen Mann, der vor ein paar Stunden im Krankenhaus den Folgen der schweren Verletzungen erlegen war. „Können wir uns in den Räumen der Herrschaften umsehen?"

„Ja, natürlich." Sie rief die junge Frau, die in dieser Einrichtung ihr freiwilliges soziales Jahr absolvierte, zu sich und schickte diese mit ihnen los.

„Wow", sprang Sheriff über die Lippen und er blieb in der offenen Tür stehen. „Was sind das? Zwanzig Quadratmeter?"

„Das weiß ich jetzt echt nicht." Die Frau, die sogar Sheriff um gut einen halben Kopf überragte, errötete.

„Das ist Luxus pur. In den Übergangseinrichtungen gibt es pro Person knappe acht und man muss sich das Klo, die Dusche und die Küche mit anderen teilen", belehrte ihn Nina.

Ausgestattet mit Handschuhen knöpften sie sich das Hab und Gut des ersten Toten vor. Das Zimmer des zweiten brachte sie ebenso keinen Schritt weiter. Und dann fiel Nina in dem Kleiderschrank des dritten eine Dokumentenmappe in die Hände. Eigentlich war nur ein Zeitungsausschnitt aus der Mappe rausgerutscht und weil dieser offensichtlich nicht von etwas Alltäglichen berichtete, sahen sie sich gemeinsam den restlichen Inhalt der Mappe genauer an.

„Denkst du, dass wir die Lösung in den Händen halten?"

„Nur, weil wir den Bankräuber schon zwei Tage nach der begangenen Tat zu fassen bekamen, heißt es nicht, dass wir nun alle Fälle in Rekordzeit lösen“, wollte sie nicht zu früh jubeln.

„Jetzt brauchen wir jemanden, der Russisch kann.“

„Ich weiß auch schon, wo wir hinmüssen, um das hier zu entziffern“, schien sie eine Lösung parat zu haben. Sie packte den Zeitungsausschnitt zurück in die Mappe und machte sich sogleich auf den Weg.

*

„Was sollen wir hier?“, fragte er skeptisch, folgte ihr dennoch in das kleine Café hinein.

„Ich brauch unbedingt ’nen Kaffee“, verkündete sie und bestellte gleich einen Punschkrapfen dazu, denn bitter ohne süß bekam sie nicht runter.

Sheriff hatte zwar nicht vor etwas zu sich zu nehmen, bestellte dennoch das Gleiche auch für sich.

„Sollten wir das Zeug nicht Milan zeigen?“, fragte er weiter.

„Wieso? Nur weil er Russisch kann?“

„Was kann der Typ eigentlich nicht?“

Nina stockte, denn diese abschätzigen Worte hätten genauso gut aus ihrem Mund stammen können.

„Ich weiß, was dort geschrieben steht“, verkündete sie überraschend und hielt ihm die Mappe vor. „Auch ohne entsprechende Sprachkenntnisse.“

„Dann lass hören.“ Sheriff nahm der Kellnerin die Teller vom Tablett, stellte sie am Tisch ab und ehe Nina zugreifen konnte, biss er von seinem pinken Krapfen ab.

„Bakar Daschajev“, sie tippte mit dem Finger auf einen der Männer im Bild, „war Tschetschene. Ein

Soldat. Zumindest am Anfang, denn später war er Söldner, der unter anderem auch in Afghanistan gekämpft hatte."

„Etwa gegen Osama?"

„Auch ...", sie nahm zuerst einen Schluck Kaffee, dann pellte sie den rosa Überzug runter und aß ihn als Ersten komplett auf. Danach sah sie den Krapfen an, als würde sich darin die Vergangenheit widerspiegeln. „Du hast mich ja gefragt, was damals passiert war ... Also ..." Nina verstummte, als überlegte sie, ob sie tatsächlich etwas davon preisgeben sollte. Erst als ihre Blicke aufeinandertrafen und Sheriff ihr zulächelte, fuhr sie fort: „Es war mitten in der Nacht und in dem Obdachlosenheim ... Bei über 200 Bewohnern hatten in dieser Nacht nur zwei Mitarbeiter Dienst. Also halfen wir mit, die Leute zu beruhigen. Ich weiß bis heute nicht, ob er mithelfen wollte", sie klopfte mit dem Finger erneut auf das Bild, „oder eben auch lediglich Zuspruch gebraucht hat ... Aber ich habe mitbekommen, wie er der einen Betreuerin von seinen Einsätzen erzählt hat. Auf Deutsch – natürlich. Nicht besonders gut, aber man konnte ihn verstehen. Darunter auch, dass er dreimal angeschossen wurde. Er erzählte darüber, was er dabei empfunden hatte. Bei dem ersten Mal waren es nur Schmerzen. Bei den anderen zwei – die Angst, weil er nun wusste, was auf ihn zukommen würde. Und – um das zu belegen, hat er diesen Artikel vorgezeigt. Die Betreuerin – eine Slowakin, konnte die kyrillische Schrift lesen und kam dann später zu mir, weil ... Weil sie sich Sorgen machte. In dem Artikel steht angeblich, dass man nach ihm sucht, oder zumindest zu der Zeit gesucht hat", Nina klopfte auf das

Datum, das in der oberen Ecke des Ausschnitts geschrieben stand, „und nicht nur das. Des Weiteren steht drin, dass Kopfgeld ausgesetzt wurde, für den, der ihn abliefert. Egal ob tot oder lebendig. Sie machte sich Sorgen um die Einrichtung, weil sie befürchtete, sollte man ihn finden, dass man dabei keine Rücksicht auf die anderen nehmen würde."

„Kann sie sich –"

„Geirrt oder übertrieben haben? Möglich und was ihre Bedenken angeht, sogar wahrscheinlich. Aber wir müssen nur einen Dolmetscher anfordern, dann bekommen wir es mit Siegel und Unterschrift."

„Glaubst du also – der Anschlag galt ihm?"

„Möglich ist es, aber …", sie verstummte, biss von dem Krapfen ab und sprach erst weiter, nachdem sie auch diesen bis zum letzten Krümel aufgegessen hatte. „Wozu dann noch die Schüsse? Und obendrein – alle Opfer der Schießerei sind weiblich."

„Söldnerinnen?", bemerkte Sheriff.

„Auch eine Option, aber gleich so viele auf einem Haufen? Abgesehen davon, Bakar Daschajev hätte mein Vater sein können. Und wenn ich mich richtig erinnere, gehörten die Frauen eher zu meinem Jahrgang. Wenn sie nicht sogar jünger waren.", verstummte sie erneut und spülte den dominanten Rumgeschmack mit dem ungesüßten Kaffee runter.

„So – und jetzt erzähl mal richtig, was damals passiert ist", forderte Sheriff.

Doch Nina schwieg, als hätte sie es sich inzwischen anders überlegt.

„Na komm schon."

Nina stellte die Tasse ab, lehnte sich zurück und

schickte den Blick ins Nirgendwo. „Ich hielt ihn für die Liebe meines Lebens."

„Dein Geschmack wird mir immer suspekter."

„Einfach kann jeder ...", sie verzog das Gesicht und schwieg eine Weile, ehe sie zu erzählen anfing: „Es war zwar nicht mein erster Einsatz, aber Milan lebte zu dieser Zeit bereits den Traum, den sicher viele von uns Nacht für Nacht träumen oder wie ich – geträumt haben." Nina seufzte. „Während ich damals noch Verlustanzeigen schrieb, lief er vermummt, mit Helm und schusssicheren Weste umher. Und dann kam der Anruf von diesem einen Obdachlosenheim, mit der Bitte um Unterstützung, weil man sich mit einem randalierenden Bewohner nicht zu helfen wusste."

„Gut zureden half wohl nix, wie?"

„Du gehörst wohl auch zu der Sorte Mensch, der sich das so einfach vorstellt. Aber dieser Eine ist im Endeffekt nur der Stein, der eine ganze Lawine auslöst. Du deeskalierst bei denen, die sich von ihm gestört fühlen. Urplötzlich bei denen, die Uniformen nicht vertragen und gleich auch bei solchen, die sich auf die Seite des einen, der anderen und, wenn du Glück hast, sogar auf deine stellen, und Stunk machen. Das zeigte die Erfahrung und deshalb sind wir gleich mit drei Wagen ausgerückt."

„Sehr medienwirksam."

„Tja, wer lässt schon gerne seine Mutter oder Schwester als Hure beschimpfen? Oder sich selbst als Rassist, Nazi und Menschenrechtsverletzer?"

„Ich verstehe ..."

„Nein, du verstehst eben nicht", hörte sich beinahe schon wie Fauchen an. „Dieser eine Typ war einfach nur fertig. Alk, Benzos und bekifft – aber das war bestimmt nur der bekannte Tropfen. Er war in Panik, redete wirres Zeug, fühlte sich verfolgt. Die Zwei vom Nachtdienst berichteten von einer psychischen Störung –“

„Und so jemand wohnte in so einem Haus?“

„Ja – aber das liegt am System. Weil die passenden Einrichtungen der Reihe nach geschlossen werden, da Geld wie Personal fehlen und man solche Leute unbedingt von der Straße weghaben will. Kein Wunder, dass die Zwei überfordert waren. Er war ja schließlich nicht der einzige Bewohner mit psychischen Problemen.“

„Mitnehmen und ausnüchtern lassen …“

„Das war mal. Er war medikamentös eingestellt, fühlte sich – laut seinen eigenen Worten gut – gäbe es nicht die anderen, also die *Verfolger*, die ihn bedroht haben und ihm sonst was Böses wollten. Und – bis auf das, dass er mit dem Krawall, den er veranstaltete, den Rest des Hauses nicht schlafen ließ, konnte man ihm eigentlich nichts vorwerfen. Also haben meine Kollegin und ich auf ihn eingeredet. Irgendwann fing er an zu heulen. Er hatte einen Sohn. Diesen hatte er noch nie gesehen, da ihm die Ex den Kontakt verweigerte …“

„Ist das nicht das Problem aller Väter?“

„Ja – genau“, keifte sie und schnitt dabei eine Fratze. „Er fragte mich, ob ich Kinder hätte, was ich verneint habe. Ab dem Augenblick war ich eine egoistische Schlampe, die statt Mann und Kind zu versorgen, einen Männerberuf ausübte. Die Kollegin wollte die Situation wieder in den Griff bekommen und erzählte, dass sie Kinder hat – tja. Ebenso eine egoistische Schlampe, weil – Hauptsache ihrer Familie ginge es gut. Wie es um ihn stünde, wäre ihr völlig egal. Unterdessen lief er ständig ins Zimmer rein und wieder raus, suchte mal was im Schrank, dann auf dem Tisch oder gar im Bett und alles so hektisch, als wäre er auf Speed. Wir kamen echt kaum mit den Augen hinterher. Aber wir ließen nicht nach und redeten auf ihn ein, bis – ja, bis er sich dann doch noch bereiterklärt hat, sich ins Spital bringen zu lassen – um von einem Arzt durchgecheckt zu werden. Einer von den Kollegen hatte inzwischen die Rettung gerufen. Und dann – wie aus dem Nichts, tauchte Milan mit seiner Einheit auf. Kaum hat der Typ ihn und die anderen erblickt, war es mit seiner Bereitschaft und vor allem der Ruhe wieder vorbei und das ganze Theater ging von vorne los. Und dann fiel ein Schuss, weil er angeblich eine Waffe gezogen hatte …“

„Du hast ja selbst gesagt, dass ihr ihm kaum folgen konntet.“

„Da war garantiert keine Waffe.“

„Wie hieß der Typ?“

„Keine Ahnung. D… irgendwas mit D. Du… Dušan Sowieso. Wieso?“

„Du kannst dich an den Namen nicht erinnern, obwohl dir die Geschichte so wichtig ist, aber willst dennoch wissen, dass er keine Waffe hatte?“

„Den Namen kann ich in den Akten nachlesen, wie auch, wann und wo er geboren wurde und gelebt hatte. Sogar das Datum und die Uhrzeit, zu der dies passiert ist. Aber wie es in dem Zimmer aussah, roch und ob es warm war oder nicht, das musste ich mir merken. Und es war warm. Draußen war es für die Jahreszeit ziemlich kühl, aber dank der Fußbodenheizung war es in dem Haus beinahe schon unangenehm warm. Die Fenster in dem schmalen Gang waren alle geschlossen – jemand hat sich sogar darüber beschwert. Angeblich zog irgendein *Psycho* zu jeder vollen Stunde durch den Gang und machte alle Fenster, die jemand anderer dazwischen geöffnet hatte, zu. Unser Typ hatte einen vollen Aschenbecher auf der nackten Matratze liegen. Das Bett war nicht bezogen und wenn man näher kam, konnte man sehen, dass er die Matratze mit Nadeln, also Kanülen präpariert hatte – weil er sich verfolgt gefühlt hat und nicht wollte, dass jemand in seinem Zimmer stöberte. Der Schrank war unaufgeräumt und man konnte ebenfalls Nadelspitzen sehen, die aus den Wäschehaufen hinausragten. Auf dem Tisch lagen überall Zigarettenasche und Medikamentenschachteln. Auf dem Boden war irgendwas verschüttet. Es roch nach Bier, also nahm ich an, dass er eine Flasche oder eine Dose umgekippt hatte. Aber es gab keine Waffe …"

„Wenn du es sagst."

„Ach!", sie wackelte mit dem Kopf, wie eine dieser Hutablagefiguren und blickte zur Seite.

„Nein – wenn du es sagst, dann war es so. Und diesmal wirst du die Kommission überzeugen. Davon bin ich schon mal überzeugt."

„Ja – hoffentlich. Später wurde nämlich eine Waffe gefunden. Eine, auf der nur die Fingerabdrücke des toten Bewohners gefunden wurden und dann auch nur solche, als hätte er tatsächlich die Waffe in der Hand gehalten, und hätte damit auf jemanden gezielt. Keine anderen. Nicht die vom – in die Hand nehmen, vom Reinigen, vom Laden …"

„Davon steht aber nichts im Bericht. Ich habe ihn gelesen."

„War mir klar", grinste sie gequält. „Es war auch viel unterhaltsamer zu lesen und zu hören, wie zwei Kolleginnen nicht nur vollkommen versagt und nicht nur sich selbst, sondern auch elf ihrer Kollegen in Gefahr gebracht haben. Die andere heißt Mina. Nach dem Disziplinarverfahren hat sie den Beruf gekündigt und sich ab da nur um ihre Kinder und den Mann gekümmert. Der hat sich zwei Jahre später von ihr scheiden lassen, weil er sich nach der taffen Frau von früher gesehnt hat und an einer Hausfrau nicht interessiert war."

„Tja, man brüstet sich auch nicht damit, irgendwo eine Waffe gesehen zu haben, wo keine war. Aber ihm deshalb eine unterzuschieben?"

„Das hast jetzt du gesagt", stellte sie klar, stand auf, nahm die Dokumentenmappe an sich und ging.

„Gut", lief er ihr keuchend nach, „… er ist ein selbstverliebtes Arschloch, das auf dem Rücken von Kollegen Karriere macht. Aber du kannst den Fall nicht ohne ihn lösen, nur damit er die Lorbeeren nicht alleine erntet." Sheriff sperrte den Wagen per Fernbedienung auf und hielt ihr die Tür auf.

„Über irgendwelche Lorbeeren werde ich mir erst Gedanken machen, wenn es so weit ist. Jetzt interessiert mich nur, warum es nur eine einzige Sprengstoffladung gab und dann auch noch mitten im Publikum und nicht auf einer der Tribünen mit Promis. Das würde für mehr Empörung bei der Allgemeinheit sorgen. Rätselhaft ist auch, warum auf der Straße ausschließlich Frauen angeschossen oder erschossen wurden, aber kein einziger Mann. Nicht mal von einem Querschläger und von denen gab es, dem Bericht nach, einige. Und wieso …“, sie drehte sich zum Fahrersitz und wartete, bis er auf diesem Platz nahm. „Ob nun Tschetschenen dahinter stecken, oder es tatsächlich ein Anschlag von IS-Anhängern war. Wieso gibt es kein Bekennerschreiben? Normalerweise brüsten sie sich doch mit solchen Taten. Also kein Schreiben verfassen, aber einen Hubschrauber mieten, um einen einzigen Schuss auf die Ermittler abzufeuern?“

„Einen – was? Hubschrauber?“, er sah sie mit offenem Mund an und sie – ihr Blick blieb auf seinen vollen Lippen haften, als hätte er sie in der Früh nicht mit einem Pflegebalsam, sondern mit Superkleber eingerieben.

„Um das Stadion herum steht nichts, wo ein Scharfschütze hätte hinaufklettern, um von dort schießen zu können. Aber ich habe einen Hubschrauber gehört und hielt es zuerst für einen Krankentransport, oder – was weiß ich, was die dort oben immer wieder suchen“, sie wedelte mit den Händen in der Luft.

„Hast du schon nachgefragt?“

„Ich bin noch dran“, beruhigte sie sich abrupt.

8

„Einer der Toten vom Stadion war Mitglied des Straßburger Komitees …" Mit Neuigkeiten wie diesen nahm sie Milan in ihrem eigenen Büro in Empfang.

„Lass mich raten – Bakar Daschajev."

„Ja, woher weißt du es?"

„Weil ein Zivi und zwei demente Alkoholiker, die seit der Kindheit in den Einrichtungen der Obdachlosenhilfe gelebt haben, dafür wohl nicht in Frage kommen", erklärte sie belehrend.

„Ja, aber das Straßburger Komitee ist jetzt nicht sooo", Sheriff suchte nach dem passenden Adjektiv. „Denen geht es vorrangig um Menschenrechte und hierzulande hauptsächlich um die der abgeschobenen Flüchtlinge. Da wird weder gegen Assad, Erdogan oder sonst wen gewettert, was irgendwelche Anhänger auf den Plan rufen könnte, die hier Stadions in die Luft jagen würden und vom –"

„Hast du sonst noch was?", sprang Nina Sheriff ins Wort, ehe er etwas über ihren Verdacht, von der Luft aus beschossen worden zu sein, verraten konnte. Ihre Frage war allerdings an Milan gerichtet.

„Nein, aber ob es uns passt oder nicht", wandte sich Milan wiederum an Sheriff, „meine Leute fanden in dem Stadion sonst nichts Verdächtiges. Kein aufgebrochenes Schloss, keine Blindgänger – oder Sprengstoffrückstände. Alles deutet daraufhin, dass dieses Komiteemitglied das Ziel des Anschlags war."

„Und die Schießerei vor dem Stadion? Falls man es ausschließlich auf ihn abgesehen hat – war er zu der Zeit bereits tot. Sollten das etwa Freudesalven gewesen sein? Und die toten Frauen nur ein Versehen, weil irgendeiner der Idioten in die Menge statt in die Luft geschossen hat?"

„Möglich", er grinste sogar für Sheriffs Begriffe dermaßen frech, dass er schnell auf Nina zusprang und ihre Arme ergriff, da er befürchtete, sie könnte sonst Milan ins Gesicht schlagen.

„Was schlagt ihr vor, wie sollen wir nun vorgehen?", erkundigte sich Sheriff.

„Der Verfassungsschutz hat zwar keine Informationen hierzu, aber ich schlage vor, dass wir die Mitglieder des Komitees abklappern und mal in Erfahrung bringen, ob sie sich wirklich nur um Flüchtlinge mit abgelehnten Asylantrag kümmern", schlug Milan vor.

„Dann mach das", schickte ihn Nina fort.

„Ich will, dass du mich begleitest."

„Ich habe hier noch genug wichtige Dinge zu erledigen", sagte sie und begleitete ihn bis zur Tür, um diese hinter ihm zu schließen.

„Vernünftig", verkündete Sheriff, nachdem Milan gegangen war.

Nina holte einen ihrer zahlreichen Notizblöcke aus der Schreibtischlade und machte sich ebenso auf den Weg.

„Wo gehst du hin?"

„Mein Sohn kommt bald von England zurück, ich muss noch einiges vor seiner Rückkehr erledigen."

„Das hast du mit der vielen Arbeit gemeint?“

„Klar“, sie sah ihn verwundert an. „Was hast du denn gedacht?“

„Du hast mich wirklich nur deshalb dazu geholt, damit ich dich davon abhalte, ihn umzubringen?“

„Glaube mir – du hast die wichtigste Aufgabe von uns allen.“

„Das denke ich inzwischen auch, aber so werden wir den Fall nie lösen.“

„Welchen Fall? Etwa den, der verirrten Kugeln, die die Frauen getötet haben? Oder der Flüchtlinge, die der sonderbaren Logik des Asylrechts zum Opfer gefallen sind?“

„Du glaubst ihm kein Wort, nicht wahr?“

„Weißt du – jetzt ohne Scheiß. Mir sind die Methoden egal …, meine, deine und sogar seine …, wichtig ist nur, dass das Ergebnis stimmt. Aber hier stimmt nichts. Nicht die Vorgehensweise der Täter, sollte es sich um Terroristen handeln und auch die Opfer stimmen nicht, falls es wirklich nur um den einen Mann ging, der sich für die Menschenrechte eingesetzt hat.“

„Ich persönlich frage mich, wie jemand, der in einer sozialen Einrichtung mit Rundumbetreuung wohnt, zu der Mitgliedschaft in einer Menschenrechtsorganisation kam.“

„Der Typ hat sein Leben lang gekämpft – irgendwo wird ja immer ein Krieg geführt. Nach all der Zeit ist er mit einem Alltag, den wir gewohnt sind, nicht mehr zurechtgekommen. Die Dinge, die wir unbewusst nebenbei erledigen, fielen ihm ohne Unterstützung sehr schwer. Abgesehen davon wissen wir ja gar nicht, wo ihn die drei Kugeln getroffen haben. Vielleicht hatte er sogar ein leichtes kognitives Defizit davongetragen.“

„Leicht – was?“, spottete Sheriff.

„Glaubst du etwa, dass es gesund ist, mit vierzehn ein Kind zu bekommen?“

„Meine Großmutter ist nicht dumm.“

„Das war Bakar Daschajev mit Sicherheit auch nicht.“

9

„Der hat mir hier noch gefehlt“, zischte sie giftig. „Nein ... nein!“, sprang sie aus dem Wagen und lief in die Flughafenhalle. „Was suchst du hier?“

„Mir ist zu Ohren gekommen, dass du es nicht pünktlich schaffst ...“

Nina beäugte ihn skeptisch. „Wie kommst du auf so einen Blödsinn?“

Doch Milan wollte ihr den Grund seiner Annahme nicht erklären. „Da wollte ich dir nur freundschaftlich unter die Arme greifen.“

„Wir arbeiten am selben Fall und das auch nur deshalb, weil du es unbedingt so willst und mich mein Chef sonst nicht in Ruhe lässt. Aber das hier ist privat, also verschwinde!“, fauchte sie ihn an und begab sich weiter in den Ankunftsbereich zu dem Gepäckband, auf dem sie schon den Koffer ihres Sprösslings entdeckt hatte.

Nachdem sich Mutter und Sohn eine Weile in den Armen gehalten hatten, nahm sie den Griff des Koffers in die Hand und legte den anderen Arm um die Schulter von Ben. Dann machten sie sich auf den Weg zum Ausgang, wo Sheriff, in der absoluten Halteverbotszone, mit dem Dienstwagen auf sie wartete.

„Willst du mich nicht vorstellen?“, Milan stellte sich ihnen in den Weg.

„Nein, auf keinen Fall. Und jetzt gehe, denn hier geht es nicht um mich, sondern um meinen Sohn und da gelten andere Gesetze.“

„Deine Mama ist voll uncool“, zwinkerte er Ben zu.

„Irrtum, Mister. Meine Mom ist die coolste und Sie tun lieber, was sie sagt“, verkündete er mit einer tiefen Stimme, worauf Nina überrascht die Augen weitete. „Komm, Mom, lass uns gehen“, legte er seine Hand auf ihren Rücken und schob sie voran.

„Du hörst dich an wie ein Kerl“, bemerkte sie staunend, aber stolz.

Ben errötete verlegen.

Sheriff fuhr sie nach Hause und obwohl sie beide dagegen waren, trug er den Koffer hinauf, weil dieser ziemlich schwer war und Nina ihrem Sohn schon im Wagen offenbart hatte, dass der Aufzug wieder mal nicht funktionierte.

„Mom, ich weiß, es ist der erste Abend, aber … Darf ich zu Lukas? Wir haben uns seit den Osterferien nicht gesehen.“

Nina leckte sich, während sie nachdachte, die Konturen der Lippen mit der Zunge nach. „Ben“, zierte sie sich.

„Mo-om …“, bettelte er.

„Du klingst zwar wie ein Großer, aber ich will dennoch nicht, dass du spät in der Nacht alleine unterwegs bist.“

„Cool – ich darf übernachten? Klasse …“, jauchzte er freudig und rannte auch schon davon.

Perplex drehte sie sich zu Sheriff um. „Es liegt an mir, oder? Weil ich andauernd missverstanden werde.“

„Also ich hoffe sehr, dass ich dich verstanden habe“, kam Sheriff zu ihr, beugte sich über sie und küsste sie auf die Lippen, die immer noch feucht von ihrer Zunge waren.

„Bitte – mach, dass es aufhört.“

„Was? Ich hab ja doch noch nicht mal angefangen.“

Er hörte sie schniefen und bald darauf spürte er, wie sich sein Shirt mit ihren Tränen vollsog.

„Na gut, dann eben eine Runde Seelentrost und kein Sex“, knurrte er sie an, womit er ihr tatsächlich ein Lachen entlockte.

*

„Seelentrost, hm?“, brummte sie, während er sich mit seinen vollen Lippen nicht nur ihrer Seele widmete. Dann tauchte sie ihre Finger in sein kurzes lockiges Haar und zog ihn daran hinauf zu ihren Lippen.

„Wie hättest du es heute gern? Schnell? Langsam?“, verstummte er für einen Augenblick und fügte dann brummend hinzu: „Zart oder …?“

„Überrasch mich“, schob sie ihm eine Kondompackung zu.

Auch, nachdem die Lust der beiden langsam abflachte, hielt er sie immer noch fest und küsste sie auf diesen einen Punkt zwischen ihren Schulterblättern, der bei Nina ähnliche Gefühle auslöste, wie der G-Punkt.

„Wie läuft es mit Niko und Iris?“, hauchte er sie an und beobachtete anschließend, wie ihr die Gänsehaut den Rücken unterlief.

„Sie tun zwar so, als wäre nichts passiert, aber –“

„Das meine ich nicht", sagte er und leckte ihr den dünnen Schweißfilm von der Haut.

„Was dann?", sie rutschte von seinen Schenkeln runter, drehte sich zu ihm um, setzte sich nieder und zog die Knie bis zur Brust, um … Gerade weil er die beiden erwähnt hatte, empfand sie den intimen Moment als zerstört und benötigte plötzlich etwas, um sich vor ihm abzugrenzen.

„Na ja – wie läuft es zwischen euch – drei …"

Nina runzelte die Stirn, wartete noch auf die Pointe, aber vergeblich.

„Denkst du etwa, wir treiben es zu dritt? Das … Würdest du etwa mit deinem Löffel in fremder Suppe rühren wollen?", fuhr sie ihn an und stieg aus dem Bett, um duschen zu gehen. Und um Zähne zu putzen und ebenso zu gurgeln, denn sie hatte plötzlich einen sauren Geschmack im Mund.

Jetzt brauchte Sheriff einen Moment lang, um zu verstehen. „Das ist ja … Du bist so geschmacklos."

„Geschmacklos? Ja, meine Wünsche entsprechen nicht gerade dem, was man von Sexualkunde aus der Schule kennt, aber deshalb bin ich noch lange nicht für alles zu haben."

„Da hat Milan aber was anderes erzählt."

„Was? Etwa, dass er mich abserviert hat, weil eine mit einem Eintrag in der Akte seinem Ruf und vor allem seiner Karriere schaden konnte? Weil Loser und Gewinner nicht zusammen gehören?"

„Komm, reg dich nicht so auf, ich wollte –."

„Ich soll mich nicht aufregen? Was denkst du, warum will ich mit dem Typen nichts zu tun haben?", musste sie tatsächlich erstmal kräftig durchatmen, ehe sie fortfuhr. „Zwei Jahre nach der Trennung sind wir uns zufällig wieder über den Weg gelaufen. Ich war zu der Zeit schon mit meinem Ex zusammen. Milan hat gebettelt – die Trennung wäre der größte Fehler seines Lebens gewesen und ich sollte ihm doch noch eine Chance geben. Er war tatsächlich auf die Knie gerutscht und hat nicht mit Entschuldigungen und Beteuerungen gespart. Ich …“, sie schlug sich mit der flachen Hand auf die Stirn, senkte den Kopf und schüttelte ihn. „Ich war so weit, alles, was ich mir aufgebaut habe, über den Haufen zu werfen. Dann habe ich allerdings erfahren, dass er zur gleichen Zeit was mit einer anderen am Laufen hatte“, sie stieg in die Dusche, drehte sich dann zu ihm um und sah ihm ins Gesicht.

Sheriff schmunzelte. „Deine Auswahl war nicht berauschend. Du wärst besser dran gewesen, hättest du beide in den Wind geschossen.“

„Ja, hätte ich bestimmt tun sollen. Genau an dem Tag habe ich erfahren, dass ich schwanger war, und habe mich dennoch für Milan entschieden. Auf dem Weg, um mich von Bens Vater zu trennen, habe ich Milan vor einem Café mit der Zunge in dem Rachen einer anderen Frau angetroffen.“

„Du lässt echt keine Scheiße aus.“

„Zweifelst du immer noch an der Aussage deiner Großmutter?“

„Sowas wie Flüche gibt es nicht.“

„Ach“, stöhnte sie, zog den Duschvorhang zu und drehte das Wasser auf.

„Nina“, er kam ihr, nachdem er sich ebenfalls geduscht hatte, in die Küche nach. Eine Weile sah er ihr zu, wie sie für sie beide eine Kleinigkeit zum Abendessen herrichtete, dann trug er ihr sein Anliegen vor: „Ich muss dir auch etwas gestehen."

„Was? Du hast doch nicht etwa Lust auf einen Dreier bekommen?"

„Hör damit auf. Du erzählst so wenig von deiner anderen Beziehung ..."

„Eben – die andere. Es sollte nicht mehrere Beziehungen geben, sondern nur eine. Es fühlt sich nicht richtig an. Du ... er. Nicht für mich. Aber diese Neigung ist ein Teil von mir und ich will nicht darauf verzichten, sie auszuleben. Und du bist nun mal hierfür nicht der passende Part", sie reichte ihm ein Schinkentoast. „Also – was willst du unbedingt loswerden?"

Da es sich für ihn angehört hatte, als wartete sie nur noch auf die Gelegenheit, ihn in den Wind zu schießen, war ihm nicht mehr danach, ihr von seinem Geheimnis zu beichten. „Ach, nichts, was der Rede wert wäre."

10

Etliche Male schon hatte sie auf die Uhr geschaut, aber auch das änderte nichts an der Tatsache, dass er sich nicht blicken ließ. Als sie sich schon erheben wollte, um das Café zu verlassen, ohne etwas bestellt zu haben, fiel ein Schatten über sie her.

„Du bist Nina Glück, oder?", erkundigte sich eine Unbekannte nach ihr.

„Oder?", konterte Nina, der Befürchtung nahe, dass sie bei Sheriff mit dem Wunsch nach einem flotten Dreier gar nicht so verkehrt gelegen hatte.

„Er wird nicht kommen. Mac …", die Fremde setzte sich zu ihr an den Tisch, doch Nina war mitten in der Bewegung erstarrt, verharrte also irgendwo zwischen sitzen und stehen.

„Mac?", wunderte sich Nina, denn Sheriff hatte noch nie einen anderen Spitznamen erwähnt.

„Sharif …"

„Ich weiß, wer gemeint ist. Was wollen Sie?", fauchte Nina und richtete sich endlich auf.

„Willst du dich nicht setzen?"

„Nein. Ich wollte mich hier mit meinem Kollegen treffen, um Wichtiges zu besprechen. Und es missfällt mir, dass er mich nicht über seine Verspätung informiert hat, Sie aber zu wissen scheinen, dass er nicht kommt."

„Okay – ich klebe ihm schon einige Tage auf den Fersen, also hab ich gewusst, dass ihr euch hier treffen wolltet. Ich hab ihn abgepasst und mit der Polizei gedroht, würde er sich nicht augenblicklich verziehen. Ich hab vor kurzem eine einstweilige Verfügung gegen ihn erwirkt und da zwischen euch offensichtlich mehr läuft, als der übliche Bürokram, will ich dich über den Grund dieser Verfügung aufklären, Schätzchen“, fauchte die Blondine zurück.

„Horch zu, Blondie. Sieh zu, dass du weg bist, ehe ich bis drei zähle, sonst kannst du gleich eine weitere Verfügung beantragen …“ Nina griff nach dem Handy, das auf dem Tisch lag, aber ehe sie es einstecken konnte, legte die Frau ihre Hand auf Ninas.

„Okay, scheint, als wären Sie taffer, als ich damals“, ruderte sie nicht nur in der Ausdrucksweise, sondern auch im Ton zurück. „Aber Sie sollten sich meine Geschichte unbedingt anhören. Dann können Sie immer noch entscheiden, ob Sie was unternehmen, oder alles beim Alten belassen.“

„Dann lass hören“, Nina drehte den Duzen/Siezen-Spieß um und setzte sich zurück auf den pastellgelbfarbenen Stuhl.

„Der Typ ist ja süß …“

„Willst du ihn zurückhaben?“ Nina wollte das Gespräch gleich wieder beenden und gehen, doch die Frau legte ihre Hand erneut auf Ninas.

„Beziehungen am Arbeitsplatz sind nicht gerne gesehen und ich war sogar bereit, mich seinetwegen versetzen zu lassen. Als ich beim Chef deshalb angeklopft habe, eröffnete er mir, dass ein Disziplinarverfahren gegen mich eingeleitet wurde. Darin wurden all die

Pannen und Versäumnisse aufgelistet, die ich mir jemals geleistet habe und von denen eigentlich niemand hätte wissen können. Niemand, außer …"

„Und du bist dir sicher, dass Sheriff dahinter steckt?", fragte Nina, denn so etwas hätte sie eher Milan zugetraut.

„Ich bin nicht die Einzige, der es so ergangen ist", nickte sie plötzlich zur Seite, worauf sich die Gäste von gleich zwei Tischen zu ihnen umdrehten.

„Für mich hört es sich ganz danach an, als wollte ihm eine Clique verschmähter Ex was anhängen."

„Fragen Sie ihn nach Simone. Simone Matusek aus Donaustadt."

„Das werde ich garantiert tun", verkündete Nina, zog ihre Hand samt dem Handy unter der Hand von Simone weg, stand erneut auf und ging, ohne sich umzudrehen.

11

„Kann ich dich kurz sprechen, Oskar?"

„Oskar?", wiederholte er überrascht. Er legte den Hörer zurück auf die Gabel und verschob den Anruf auf später. „Nicht Chef? Wem bist du jetzt auf den Schlips getreten?"

„Vielleicht ist dir zu Ohren gekommen, dass auf uns bei der Tatortbegehung im Stadion geschossen wurde."

„Geschossen?", wunderte er sich. „Nein, hat niemand erwähnt", er griff von neuem nach dem Hörer, aber sie nahm ihm diesen schnell aus der Hand und legte auf. Er hob den Blick zu ihr und musterte sie. „Ich muss bestimmt nicht über alles informiert werden, aber wenn auf meine Leute geschossen wurde, das will ich unbedingt wissen."

„Das wundert mich zwar genauso, wie noch so manches an diesem Fall, aber deshalb bin ich nicht hier."

„Also doch wem auf den Schlips getreten", seufzte er.

„Hör mir mal einfach nur zu – ich brauche jemanden zum Reflektieren, ob ich die Dinge richtig deute, oder ob es sich nach Schwachsinn anhört."

„Und da kommst du ausgerechnet zu mir?"

„Sieh das als Führungskraftbewertung."

„Die erfolgt anonym."

„Ja – sicher", grinste sie ihn an. „Also – was jetzt?"

„Schieß los", sagte er und ihm fiel sofort ihr

Gesichtsausdruck auf. „Ha ha – ich lach mich tot …“, fügte er hinzu.

„Man sichert Tatorte ab. Das gehört zum kleinen Einmaleins und Milan beteuert, dies getan zu haben.“

„Man kann im Eifer des Gefechtes … Du weißt es ja selbst.“

Nina verzog von neuem das Gesicht, denn schon wieder war die, von ihr angeblich übersehene Waffe, zum Thema geworden.

„Ich will ihm mal glauben. Abgesehen davon – wäre der Schütze im Stadion gewesen, hätte irgendjemand von uns gesehen, wie er flüchtet. Oder wir hätten ihn zumindest gehört – das Echo des Schusses oder wenigstens das seiner Schritte.“

„Ein Schütze mit einem Präzisionsgewehr?!“, überschlug sich seine Stimme, denn, auch bei der langjährigen Berufserfahrung, die er vorweisen konnte, würde ein Scharfschütze alles bisher Dagewesene in den Schatten stellen.

„Es spricht vieles dafür. Aber auch so jemand steigt nicht mal aus der U-Bahn und klettert irgendwo hoch, auf gut Glück, dass ihm wer vor die Flinte läuft. Ich denke zudem, dass aus einem Hubschrauber geschossen wurde und der parkt ja auch nicht gerade um die Ecke.“

„Okay und was soll ich für dich reflektieren?“

„Ich habe mich bei der Flugrettung informiert. Im besten Falle heben die nach einer Alarmierung innerhalb von drei Minuten ab und man würde zehn bis zwanzig Minuten brauchen, um das Stadion zu erreichen. Je nachdem, von wo sie gestartet sind.“

„Und – kommt es hin?“

„Da bin ich noch am Rechnen. Hast du Milan

gesagt, dass ich mit Sheriff zum Stadion gefahren bin?“

„Beschuldigst du etwa mich, den Scharfschützen geschickt zu haben?“

„Hast du?“

„Bist du irre?“, überschlug sich seine Stimme.

„Also, wenn du es nicht warst, dann kann es nur Milan ...“

„Ich weiß, zwischen euch herrscht sowas wie Hassliebe, aber ...“

„Oder es könnte Sheriff gewesen sein, ehe wir losgefahren sind.“

„Sheriff? Wieso sollte er?“

„Was weißt du über ihn?“

Oskar plusterte die Wangen auf, ehe er die Luft runterschluckte, und sie an ihrem Wissen teilhaben ließ: „Ein gutes Führungszeugnis. Er soll lediglich ein Disput mit einer Kollegin gehabt haben, wegen unterschiedlicher Ansichten bezüglich der Arbeitsweise. Das war der Grund für sein Ansuchen um Versetzung.“

„Tja, diese Kollegin soll eine einstweilige Verfügung gegen ihn erwirkt haben und um die sucht man nicht an, wenn es nur um unterschiedliche Meinungen geht.“

„Und was hast du jetzt vor?“

„Also – ehe ich mir die Besatzung des Polizeihubschraubers vorknöpfe, die angeblich zwecks einer Übung in der Nähe des Stadions unterwegs war, möchte ich gerne zuerst mein unmittelbares Umfeld unter die Lupe nehmen.“

„Nina, ich bin voll bei dir, aber ... Wenn ich nicht irgendeinen Verdacht direkt äußern möchte, muss ich den offiziellen Weg gehen und das heißt in diesem Fall – Sheriff informieren, dass ich Einsicht in seine Akte haben will.“

„Oder du musst einfach nur dringend aufs Klo und holst dir danach in aller Ruhe einen Kaffee.“

„Was?!“

„Du hast mich schon richtig verstanden“, erklärte sie schroff.

Einen Moment lang herrschte in dem Raum mit hoher Decke und Stuck an den Wänden Todesstille.

„Fünf Minuten und keine Sekunde länger“, presste er durch geschlossene Zähne. Danach erhob er sich von seinem Sessel und schritt langsam zur Tür. Und obwohl alles in ihm danach verlangte, sich umzudrehen, tat er es nicht. Bis er die Tür hinter sich schloss und sich dabei selbst einredete, sich das Gespräch nur eingebildet zu haben.

*

Er riss die Tür auf und sah in das Büro hinein, aber es war leer. „Nina?“, fragte er dennoch nach, aber ach da kam sie nicht zum Vorschein.

Geneigt, es als Nächstes bei ihr zuhause zu versuchen, wollte er schon wieder gehen, als er es sich doch noch einmal anders überlegte. Zögernd kam er zu ihrem Schreibtisch, blickte nochmals prüfend zur Tür und öffnete dann die Schublade, in der sie ihre Handtasche aufbewahrte. „Verdammt, wo kann sie nur stecken?“ Er beließ die Handtasche unberührt, schob die Lade wieder zu und machte sich weiter auf die Suche nach ihr.

„Nina?“, fragend öffnete er die nächste Tür.

„Das ist mein Büro, falls dir das entgangen ist", schob ihn Oskar von der Tür weg und warf selbst einen prüfenden Blick hinein. Aber sein Sessel stand leer.

„Wir wollten uns im Café zur Lagebesprechung treffen. Mir kam was dazwischen und nun kann ich sie nirgendwo finden. Ans Telefon geht sie auch nicht ran."

„Ist euer Kommunikationsproblem, nicht meines", brummte Oskar, zuckte mit den Schultern, betrat den Raum und machte ihm die Tür vor der Nase zu. Dann begab er sich langsam zu seinem Schreibtisch und warf zuerst einen Blick auf den dunklen Bildschirm. Nach dem Schubs, den er der Maus verpasste, schaltete sich dieser wieder ein und offenbarte ihm den leeren Desktop.

„Puh", atmete er erleichtert aus, geneigt an dem Glauben festzuhalten, sich ihre Bitte wahrlich nur eingebildet zu haben. Entspannt zog er den Stuhl vom Tisch, setzte sich und …

„Gütiger!"

„Bilde dir nichts ein", knurrte sie, den Blick direkt auf sein Gemächt gerichtet.

„Was machst du dort unten?" Oskar schob den Bürostuhl wieder zur Seite, damit sie unter dem Tisch hervorklettern konnte.

„Mich verstecken, was sonst?"

„Und – hast du was gefunden?"

„Nichts, was darauf hindeuten würde, dass er mit dem Schuss etwas zu tun hat."

„Und was jetzt?"

„Jetzt werde ich einer anderen Spur nachgehen."

„Gut, aber wo anders. Raus hier!"

„Ja – Chef!"

12

„Ich such schon seit einer Ewigkeit nach dir!“ Sheriff sprang ihr entgegen, kaum, dass sie durch die Tür gekommen war.

„Wo hast du gesteckt? Wir waren zum Frühstück verabredet“, konterte sie verärgert.

„Ja … Ich …“, fing er an zu stottern. „Ich hab mich bezüglich des Straßburger Komitees nochmals erkundigt.“

„Ohne mich? Und da rufst du nicht mal an?“

„Ja – du, wie soll ich es erklären?“

„Nur zu, bin ganz Ohr“, erwartete sie dasselbe zu hören zu bekommen, was sie mit Hilfe von Oskars Zugangsdaten in Erfahrung gebracht hatte.

Sheriff nahm ihr die Klinke aus der Hand und machte erstmal die Tür zu. „Deine Wohnung ist echt winzig und meine Bude ist … auch kein Palast, also habe ich mir eine Immobilienapp runtergeladen und mir ein paar Häuser angesehen.“

Nina begegnete ihm mit runtergefallenen Kinnlade, weil … Weil seine Worte alles andere waren, nur nicht das, was sie erwartet hatte.

„Was sagst du hierzu? Die Fassade ist fällig und die Fenster wird man demnächst austauschen müssen, aber …“, er präsentierte ihr ein paar Aufnahmen, die er anstelle des gemeinsamen Frühstücks mit seinem Handy vor Ort gemacht hatte.

„Ich höre nur Anzeige und Verkauf …“, sie schüttelte den Kopf.

„Hier – für 300 Mille. In dieser Lage ein echtes Schnäppchen“, er hielt ihr den Ausdruck von der App unter die Nase.

„Das … das schlägt echt alles!“, schnaubte sie wie ein wildgewordener Stier.

„Ich weiß, es kommt etwas plötzlich und war nicht abgesprochen, aber –“

„Der Arsch verkauft mein Haus!“ Wutentbrannt riss sie ihm das Handy aus der Hand und rannte zur Tür, nur um vor dieser umzukehren, zum Tisch zurückzulaufen, um ihre Handtasche zu holen. Sie hing sich diese um, drückte ihm im Vorbeilaufen das Handy wieder zurück in die Hand und eilte aus dem Büro, und das in einem Tempo, dem er kaum nachkam.

*

„Nina …“, flüsterte er.

„Was?!“, keifte sie.

„Das ist eine 30er Zone.“

Sie schaltete das Blaulicht und die Sirene ein. „Sonst noch was?“

Sheriff blieb stumm, schüttelte nur den Kopf.

Nach ein paar Kilometern auf der Autobahn erkundigte sie sich: „Heut ist doch Fenstertag, oder?“ Aus gegebenen Anlass arbeiteten sie beinahe rund um die Uhr, sodass sie den Überblick verloren hatte.

Ihr Beifahrer sah auf seine Uhr und antwortete erst nach kurzem Überlegen. „Ich glaub schon.“

Nina drehte daraufhin das Lenkrad bis zum Anschlag, wendete über die doppelte Sperrlinie und fuhr dann auf der anderen Fahrbahn wieder zurück.

„Gott, ich hätte ihn damals echt in den Wind schießen sollen", presste sie durch die geschlossenen Zähne hindurch und schwieg danach so lange, bis sie das Haus erreichten, das Sheriff erst vor Stunden vom Gehweg aus besichtigt hatte.

Der Dienstwagen rollte noch, da öffnete sie bereits die Tür und sprang heraus. Geistesgegenwärtig griff er nach dem Lenkrad und zog die Handbremse an. Der Wagen keuchte einmal laut und blieb stehen.

Nina rüttelte inzwischen an dem verschlossenen Gartentor, da das Schloss irgendwann ausgetauscht wurde und ihr Schlüssel, der immer noch an ihrem Schlüsselbund baumelte, sich bei dem Versuch aufzusperren als unnütz erwiesen hatte.

„Komm raus, verdammt noch mal, komm sofort raus!", brüllte sie sich in Rage.

Sheriff wollte ihr schon hinterher, um sie vor der nächsten Scheiße zu bewahren, auf die sie schnurstracks hinsteuerte.

„… Schießerei im Böhmischen Prater …"

Umgehend griff er zum Funkgerät, bestätigte den Erhalt der Meldung und kündigte sofortigen Aufbruch an.

„So ein Mist", fluchte er leise. „Nina!" Er zog den Fuß, mit dem er bereits auf den Pflastersteinen der Auffahrt gestanden hatte, wieder zurück in den Wagen hinein. „Nina, komm sofort her!"

„Pack schon, hörst du, fang an zu packen! Die Zeiten, in denen du auf meine Kosten gelebt hast, sind endgültig vorbei!", sie trat noch ein Mal gegen das Tor und eilte zurück zum Wagen. „Was ist?!", schnauzte sie Sheriff an.

„Schon wieder eine Schießerei …"

*

„Ist ja wie in einer Lasershow." Nina hielt sich die Hand wie ein Schutzschild vor den Augen, um diese vor dem Blaulichtmeer zu schützen. Es war nicht grell – nur omnipräsent.

„Oh, Mr. Immer-zur-richtigen-Zeit-am-richtigen-Ort", knurrte Sheriff durch halb geschlossene Lippen.

Milan schritt ihnen entgegen – breitspurig wie ein Held aus einem amerikanischen Actionfilm. Die Klettverschlüsse der schusssicheren Weste flatterten umher, als hätte er sie nicht zum Schutz angezogen, sondern nur, um Eindruck zu schinden.

„Wie Bruce Willis für Arme", bemerkte Nina und blieb stehen, denn, wie es aussah, war der Einsatz zu Ende und ihre Unterstützung wurde nicht mehr benötig.

„Ihr seid spät dran, aber – ist wahrscheinlich besser so. Wie man weiß, bist du besser mit Worten als mit Waffen …", grinste er sie verhöhnend an und zog sich im Vorbeigehen die Weste aus.

„Komm, lass uns fahren." Sheriff zupfte an ihrem Jackenärmel. „Denn bald kann ich mich selbst nicht mehr zurückhalten."

„Ich will mir das ansehen, denn später bekomme ich von ihm bestimmt wieder „War nicht der Rede wert" zu hören, anstelle von Vorlage des Beweismaterials." Nina drängte sich an der Mannschaft vorbei, die zu den Einsatzfahrzeugen zurückkehrte und anfing, die Ausrüstung in die Wagen zu verstauen.

Nina und Sheriff begaben sich den asphaltierten Weg entlang, gesäumt von Bäumen.

Auch nach einer Weile kamen ihnen noch vereinzelt vermummte, oder zumindest mit Schutzwesten ausgerüstete Frauen wie Männer entgegen. Doch Nina sah sie nicht an, sondern war in Gedanken zurück zu dem Gartentor gekehrt und rüttelte weiterhin an diesem, um auf ihren Grund und Boden zu gelangen und ihrem Ex zu geigen, was sie von seiner Aktion hielt.

„Hach …", holte Sheriff tief Luft und schickte den Blick zu den dichten Baumkronen. „Schön", er genoss es, mal die Hektik der Stadt und vor allem des Stadtverkehrs hinter sich zu lassen.

Nina jedoch hatte im Augenblick nur wenig für die Natur übrig. „Er kann doch nicht ein Haus verkaufen, das ihm gar nicht gehört?"

„Wir werden schon rausbekommen, wie es dazu kam. Aber jetzt konzentriere dich auf das hier", ermahnte sie Sheriff, denn er konnte den ersten Toten inmitten des Maramures Tores bereits sehen.

„Dann schauen wir uns mal um, bevor hier alles eingetütet und mit Hütchen oder Flaggen versehen wird."

Noch während sie sprach, begab sie sich mit größter Vorsicht, um keine Spuren und Beweise zu vernichten oder zu kontaminieren, von einem zum anderen. Dann ging sie neben dem toten Körper in die Knie, nahm doch die Waffe dem Mann aus der Hand, prüfte das Magazin und nahm schließlich das zerquetschte Projektil in die behandschuhte Hand, das in dem Gemisch aus Blut und Hirnmasse neben dem Toten lag.

„Na Klasse, war ja fast schon zu erwarten!", erreichte sie von hinten. „Hast du wenigstens Fotos gemacht, wenn du schon Spuren verfälschst und Beweise vernichtest?", fuhr sie Milan an, der unerwartet zurückgekehrt war.

„Hast du etwa keine machen lassen?", fragte sie und präsentierte ihm einen verwunderten Augenaufschlag, während sie sich die Handschuhe von den Händen zog und das Projektil darin verschwinden ließ.

„Wann denn? War ja die Hölle los …!"

„Und da zieht ihr euch alle zurück, ohne Tatortsicherung? Schon wieder?"

„Pf …", prustete Sheriff los vor Lachen, aber sie schlug ihm sofort mit der Faust gegen die Brust und er fing daraufhin an zu husten und zu keuchen.

Milan presste nur die Lippen aneinander.

„Opfer oder Täter?", fragte sie nach, während sie die Gesichter der Toten betrachtete.

„Wie?"

„Gehen die auf eure Kappe?", deutete sie auf die drei.

„Nein – das sind die Kollegen, die die Schießerei gemeldet haben", bemerkte Milan.

„Aha – haben sie dir das noch vor ihrem letzten Atemzug verraten, oder wie?", schnauzte sie ihn an.

„Ich kenne die drei. Und als ich den Fund der Zentrale durchgab … verdammt noch mal, was ist das, ein

Verhör?"

„Hättest du gerne, dass es eins wird?"

„Wie meinst du das jetzt?", er guckte verdutzt, so richtig ratlos, wie ihn Nina noch nie erlebt hatte.

„Du sagtest doch, hier war die Hölle los. Ich sehe nur mehrere Einschüsse, aber keine einzige Patronenhülse. Als hätte hier jemand aufgeräumt. Also hoffe ich sehr, dass es im Wald anders aussieht, sonst kommst du in Erklärungsnot, warum du den Tatort nicht nach Vorschrift absichern hast lassen."

„Verdammt, Nina, das sind Kollegen von uns! Lässt dich das etwa kalt?"

„Nein. Aber gerade weil es Kollegen sind, dürfen wir nichts übersehen –"

„Aber auch nicht auf den Beweisen herumtrampeln, weil es am Schluss zum Freispruch führen könnte."

„Für einen Freispruch brauchen wir zuerst Verdächtige und wenn du die Tatorte jedes Mal unbeaufsichtigt zurücklässt –"

„Ts – du kannst mich mal!"

„Träum weiter!" Sie packte Sheriff am Ärmel und zog ihn vom Tatort weg.

„Er ist halt kein Ermittler, sondern nur ein Typ für schnelle Ergebnisse", flüsterte ihr Sheriff zu, während sie den gesamten Weg wieder zurückgingen.

Nina hob den Kopf und sah Sheriff an, als hätte er unverhofft die Lösung für all ihre Probleme gefunden. Doch dann senkte sie den Blick wieder und murmelte: „Welche Ergebnisse? Drei tote Kollegen und flüchtige Täter?", sie stockte plötzlich. „Was wissen wir eigentlich über die erschossenen Frauen?"

„Wieso? Denkst du, es waren dieselben wie im Stadion?“

„Diese Toten auf jeden Fall.“

„Unsere drei Kollegen? Waren die etwa bei der Tatortbegehung dabei?“ Sheriff versuchte sich zu erinnern. „Glaubst du, dass der Schütze hinter uns allen her ist?“, fragte er und sah sich daraufhin prüfend um.

„Dieser Hubschrauber …“, sagte Nina, zog ihn vom Weg ab und das nicht nur, um dem ankommenden Trupp der Spurensicherung Platz zu machen. „… war keine leichte Aufgabe. Flüge, die nicht in der Nähe von Flughäfen stattfinden, brauchen keine besondere Start- oder Flugerlaubnis, da sie auf Sicht fliegen. Die Flugrettung hatte zu der Zeit zwei Helis in der Luft. Der eine war mit einem Verkehrsunfall beschäftigt, der andere hatte einen Herzinfarkt an Bord. Und die Piloten waren nur darauf aus, ihre Patienten schnell ins Spital zu bringen. Dann habe ich tatsächlich noch einen Touri-Rundflug aufgetrieben. Der Pilot hat an dem Tag für ein paar Sportfans alle Stadien der Reihe nach angeflogen. Unseres musste er allerdings bei der Runde auslassen und ein zweites Mal anfliegen, weil sich beim ersten Versuch ein anderer Heli darüber befand.“

Sheriffs Gesicht wurde fahlgrau. „Das ist … das ist unmöglich. Abgesehen davon, dass es ein absoluter Profi gewesen sein müsste … Sowas steht nicht am Taxistand und fliegt auch nicht alle paar Minuten an einer Haltestelle vorbei. Und an dem Tag hatten wir die Tatortbegehung gar nicht am Plan, es war eine spontane Entscheidung.“

„Da bin ich voll bei dir und ich war sogar geneigt zu glauben, dass der Schuss ein Versehen war …“

„Versehen?", pfiff er, als hätte sie ihm erneut mit der Faust gegen die Brust geschlagen.

„Es war ein Übungsflug", erklärte sie und sah ihm direkt in die Augen, lange und ohne zu blinzeln.

„Du meinst – der Schuss hat sich versehentlich gelöst? Der Hubschrauber macht schon einen Höllenlärm, aber, dass man nicht mitbekommt, wenn man ein Loch in die Wand schießt?"

„War auch mein erster Gedanke, aber ..."

Allmählich kamen sie ihrem Wagen näher.

„Schon nachgefragt?"

„Hatte ich vor, wird aber nicht mehr möglich sein", bemerkte sie ohne weitere Erklärung und richtete den Blick auf den Türgriff, als wollte sie das Schloss mit bloßem Blick aufsperren.

„Wie ..." Sheriff runzelte nachdenkend die Stirn. „Nein ... echt? Diese drei?"

„Jep." Nina entschied sich dann doch für den Autoschlüssel und stieg nach dem Aufsperren umgehend ein.

„Was für ein Zufall ..."

„Ich bin ja geneigt an viele Zufälle zu glauben: Eine willkürlich platzicrtc Bombe, denn ehrlich – das Straßburger Komitee fällt bei mir als Grund durch. Über die Frauen vor dem Stadion habe ich die Unterlagen angefordert, da uns Milan diese bislang nicht vorgelegt hat. Aber ehrlich – hätten sie einen relevanten Beruf oder irgendwelchen einschlägigen Gruppen angehört, wüssten wir es inzwischen. Dann ein scheinbar zufällig abgefeuerter Schuss, der sich in das Stadion verirrt hat ... Das alles könnte sich wirklich so abgespielt haben. Nur – ich wollte ja die Drei zu dem Flug befragen und habe mich bei ihrem Vorgesetzten erkundigt, wo ich sie antreffen könnte. Er erzählte mir, dass sich die Truppe in dem kleinen Restaurant, das sich hier unweit befindet, jeden dritten Freitag im Monat traf ...“ Nina verstummte, hob den Blick von dem Schlüssel, den sie eben in das Zündschloss gesteckt hatte und richtete ihre Aufmerksamkeit durch die Windschutzscheibe auf die ersten Baumreihen des Waldes. „Mir kommt gerade der Gedanke ... Wenn hier die Hölle los war, hätten wir zumindest einen von ihnen – also Beamte im Zivil ange-tro-“, sie brach mitten im Satz ab. „Wir haben keinen Einzigen angetroffen.“ Nina verspürte ein nervöses Kribbeln. „Man müsste schon mit Schalldämpfer geschossen haben, um sie nicht aus dem Gasthaus herauszulocken ...“ Sie sah ihn an, als suchte sie in seinen Augen nach Antworten. „Denkst du das Gleiche wie ich?“

„Die Drei haben doch eine Schießerei gemeldet. Sie werden bestimmt nicht ihre eigene Hinrichtung gemeldet haben, oder?“

Bei sprangen zeitgleich aus dem Wagen und liefen auf die Gruppe zu, die immer noch dabei war, ihre Ausrüstung in dem Einsatzbus zu verstauen.

„Zieht den Schutz wieder an und kommt mit!“, erteilte Nina unberechtigterweise einen Befehl und lief anschließend in das angrenzende Wäldchen.

„Geschlossen?“, wunderte er sich, aber nicht nur ihm war aufgefallen, dass im Inneren kein Licht brannte und die Türen abgeschlossen waren.

„Waren die drei wirklich durch den Wind? Den Schuss nicht bemerkt und vergessen, dass der Wirt am Fenstertag frei hat?“, murmelte Nina und versuchte weiter durch die Gardinen etwas zu erspähen. „Wenn ja, würde mich interessieren, weshalb die Drei so unkonzentriert waren." Sie drehte sich mit einem Mal zu dem Mann, der dem Eingang am nächsten stand, nahm ihre Waffe in die Hand, entsicherte sie und nickte.

Nach einem gezielten Schuss sprang die Tür aus dem Schloss und sie stürmten der Reihe nach in das Lokal. Doch schon nach den ersten Metern wurde ihnen klar, dass die Hölle, von der Milan gesprochen hatte, sich in Wirklichkeit hier abgespielt haben muss.

„Sucht nach Überlebenden!", erteilte sie den nächsten Befehl und tastete selbst die ersten zwei Männer ab, kniete sich anschließend zu einer blutüberströmten Frau nieder und fing mit den lebensrettenden Maßnahmen an.

Unterdessen wurden laut Ninas Anweisung das Gebäude und nahe Umgebung gesichert und ein Notruf abgegeben.

Zeitgleich mit den Rettungswagen erschien auch Milan mit weiteren Frauen und Männern aus seiner Gruppe.

Nina wartete ab, bis die angeschossene Frau mit Horn und Blaulicht weggebracht wurde …

„Kätzchen", säuselte er ihren alten Kosenamen, breitete die Arme aus, um sie in diese zu schließen.

„Lass mich! Ich bin voller Blut!", fauchte sie.

„Das bisschen Blut macht mir nichts aus." Er kam weiter auf sie zu, aber sie duckte sich und lief unter seinem Arm hindurch.

„Es sind Beweise und keine Trophäe, mit der du dich anschließend vor der Presse fotografieren lassen kannst", konterte sie kalt, auch wenn sie all die toten Kolleginnen und Kollegen alles andere als kalt ließen.

„Beweise? Für was?"

„Das werde ich schon noch rausfinden."

Nina bedankte sich bei jeder und jedem einzelnen des Einsatzkommandos und bat sie, alles niederzuschreiben, was sie gesehen, gehört und ja, sogar das, was ihnen bei der Entdeckung durch den Kopf gegangen war.

„Das ist immer noch mein Fall!", protestierte Milan. „Soll ich dich abziehen lassen?"

„Mach's doch", konterte sie und forderte Sheriff mit einer Handbewegung auf, ihr zur Seite zu folgen. „Haben wir eine Decke im Wagen?"

„Denke nicht, wieso?"

„Hast du ...", sie sprach zu dem Kollegen der Spurensicherung, der noch kurz zuvor den Tatort von der getöteten Hubschrauberbesatzung untersucht hatte, „noch so ein Ganzkörper ... Dingsda dabei?" Nina deutete auf den weißen, nicht unbedingt blickdichten Anzug.

Schweigend holte er einen, noch in Folie eingeschweißten Overall aus dem mitgebrachten Koffer heraus und reichte ihn Nina.

„Du kannst doch nicht ...!", empörte sich Milan.

„Du brauchst gar nicht hinsehen, denn das bekommst du nie wieder", bemerkte sie flachsig. Dabei richtete sie den Blick weiterhin auf den Tatort und vor allem auf die Finger des Mannes im Schutzanzug. Dann drehte sie sich abrupt zur Tür. „Nein!", rief sie panisch und streckte den anderen die aufgerichtete Handfläche entgegen. „Bleibt draußen. Wir sind hier schon genug herumgetrampelt. Sheriff …“, rief sie ihren Kollegen näher. Dabei stieg sie wie ein Storch von einem Fuß auf den anderen, bis sie zur Tür kam. „Veranlasse bitte, dass unsere Kollegin Schutz bekommt, und prüfe –“

„Klar doch“, entgegnete er, beugte sich danach zu ihr herunter und flüsterte ihr ins Ohr. „Denkst du wirklich …?“

„Ehrlich gesagt – habe ich keinen blassen Schimmer. Mehr, als dass es nicht nötig sein wird, kann nicht passieren.“

„Und – wieso flüstern wir dann?“

„Weiß nicht, du hast damit angefangen.“

Kopfschüttelnd und mit einem Schmunzeln auf den Lippen ging er an Milan vorbei und begab sich zu einem der Bäume, um in Ruhe telefonieren zu können.

Nina wartete ab, bis man sie alleine ließ, und sah sich dann erneut um.

„Suchen wir nach etwas Bestimmten? Weil du alle fortgeschickt hast?“, fragte der Typ, der in dem anderen Overall steckte.

„Wenn ich das wüsste“, seufzte sie. „Aber ich brauche unbedingt Ruhe, um nachdenken zu können.“

„Ach so“, lachte der Mann, den sie bereits von früheren Einsätzen kannte.

Eine Weile tänzelten sie, von Kopf bis Fuß in den weißen Schutzanzügen eingehüllt, durch den Gästeraum des kleinen Restaurants. Vorsichtig, als wären sie barfuß und überall würden Glassplitter liegen. Dabei sammelten sie etliche Hülsen ein, die sie den Kollegen zuordneten, obwohl sich diese in ihrer Freizeit befunden hatten. Dann bückte er sich um ein Projektil, hob es hoch und ehe er es näher betrachten konnte, zwickte ihn etwas in den Rücken.

„Nina“, stöhnte er, zupfte sie am Ärmel, zog sie zu sich und warf sich mit ihr zu Boden.

„Spinnst ... Was ist los?“ Sie wollte ihn gleich von sich werfen, aber er hielt sie mit aller Kraft fest, die jedoch spürbar schnell nachließ.

„Bist du etwa angeschossen worden?“, flüsterte sie ihm ins Ohr.

„Hm“, brummte er lediglich, suchte nach ihrer Hand und drückte ihr das zuvor gefundene Projektil auf die Handfläche.

Nina sah sich um. Ihr Handy und sogar die Waffe lagen auf einem der Tische, da sie unter dem Overall nichts trug, worin sie beides hätte verstauen können. Sie streckte sich und tastete mit der freien Hand alles um sich herum ab ...

Nicht nur Sheriff horchte bei dem Schuss auf. Beinahe zeitgleich lief jeder los, der den Knall gehört hatte. Ungeachtet dessen, ob sie Beweise vernichten würden oder nicht, liefen sie umgehend auf die zwei Gestalten in weiß zu, wobei der Anzug der oben liegenden Person einen großen Blutfleck aufwies.

„Schaut nach, verdammt noch mal, schaut nach, sie haben auf Clemens geschossen!“, brüllte sie und hielt ihn weiterhin in ihren Armen, da er inzwischen drohte, von ihr runter zu rutschen.

Sheriff alarmierte von neuem die Rettung und half anschließend mit, den Mann behutsam auf den Boden zu betten.

Die Frauen und Männer strömten von neuem aus, während Nina und Sheriff dem Verletzten erste Hilfe leisteten.

„Du wirst es schaffen", drückte sie seine Hand.

„Hm", nickte er und biss vor Schmerzen die Zähne zusammen. Seine Hand drohte ihr aus den Fingern zu rutschen, aber sie hielt sie die ganze Zeit fest, bis er in den Rettungswagen eingeladen wurde.

„Ich fahre mit", verkündete sie.

„Nina", sagten beide Männer gleichzeitig.

„Clemens hat mir womöglich das Leben gerettet."

„Das zweifelt keiner an, aber –", wand Sheriff ein.

„Was ist mit der Spurensicherung?", röchelte der Verletzte.

„Das kann wer anderer übernehmen. Ich habe genug Beweise."

„Echt?", fragten die Männer zeitgleich.

*

„Willst du mir nichts erzählen?", Sheriff strich ihr mit der Hand liebevoll über den Rücken, während sie im Gang vor den Operationssälen warteten.

„Ich habe während meiner ganzen Zeit als Polizistin nicht so viele Hülsen an einem Tatort gesehen", stöhnte sie bedrückt, während sie sich die Stirnfalten glattrieb. „Der Angriff muss aus dem Hinterhalt passiert sein, denn sie hatten keine Chance …"

„Ob Kollegen oder nicht – wir werden sie finden“, versprach er, zog sie zu sich und legte den Arm um sie.

„Wen?“, sie hob den Kopf, den sie an seiner Schulter angelehnt hatte und sah ihn an.

„Wie – wen, na die Täter natürlich.“

Nina blies die Wangen auf und pustete langsam die Luft wieder hinaus.

„Und? Willst du mir nicht erzählen, was du gefunden hast?“

Nina, die immer noch den dünnen Overall trug, nahm ihre Handtasche in die Hand, die sie sich vom Wagen bringen hat lassen, um die Waffe, das Handy und natürlich ihre Beweisstücke nicht in den Händen tragen zu müssen.

„Vor dem Stadion konnten wir uns nicht mehr umsehen und falls etwas übersehen wurde, hat es bestimmt die Straßenreinigung inzwischen vernichtet. Im Stadion hingegen …“, sie öffnete die Handtasche und holte drei kleine Plastiktüten heraus. Zwei davon waren beschriftet. „Der Irrläufer …“, erklärte sie. Unterdessen öffnete sie eine der Tüten, dann nahm sie seine Hand und schüttete ihm das Projektil in die offene Handfläche.

„Was ist das?“, er nahm das kleine zerquetschte Geschoss zwischen Daumen und Zeigefinger und betrachtete es im Licht.

„Kunststoff.“

„Das ist ja – eingebrannt. Wie konnte das passieren?“

„Das Projektil war schon vor dem Abfeuern damit überzogen.“

„Für was soll das gut sein?“

„Tja – ich habe nachgefragt. Es ist tatsächlich sowas wie ein Verhüterli", sie verzog die Lippen in ein gelangweiltes Grinsen. „Anhand der Spuren auf dem Projektil kann man es der Waffe zuordnen, aus der es abgefeuert wurde."

„Die Spuren sind wie ein Fingerabdruck – einzigartig."

„Genau. Und hierbei …"

„Gibt es keine Spuren."

„Ja. Es gäbe bestimmt welche, denn der Kunststoff ist ja bedeutend weicher als das Metall, aber die Hitze, die durch die Reibung entsteht, brennt diese Spuren wortwörtlich weg."

„Und solche Munition gehört zur gängigen Ausrüstung von …?"

„Eben nicht. Das hat mir zumindest der Vorgesetzte der drei Mä… dieser Truppe mitgeteilt."

„Ja, aber … Was schließt du daraus?"

„Könnte sich immer noch um einen Fehlschuss gehandelt haben. Dann aber hatten die Männer etwas Illegales vor und zu dem können wir sie ja auch nicht mehr befragen."

„Und was ist in den anderen Sackerln?"

„Das hier", sie schüttete das Projektil aus der unbeschrifteten Verpackung auf seine andere Handfläche. „Das hier stammt aus dem Gasthaus."

„Das ist ja …", er schluckte schwer.

„Ja. Anderes Kaliber aber dieselbe Art von Überzug."

„Meinst du …?"

„Dass die drei ihre Kollegen erschossen haben und danach die Schießerei gemeldet und Unterstützung angefordert haben?“ Nina verstummte, betrachtete eine Weile die zwei Projektile und schüttete dann das dritte in ihre Hand. „Könnte durchaus sein. Nur – dann muss zumindest ein vierter bei der Schießerei dabei gewesen sein, der sich dann der Mittäter und eben auch Zeugen entledigt hat.“

Sheriff betrachtete die drei Projektile, auf denen noch Spuren von dem Kunststoffüberzug zu sehen waren.

„Das müssen wir unbedingt Milan erzählen.“

„Wir müssen es Oskar sagen, denn noch sieht es für mich so aus, als hätte die Praterbude mit dem Stadion nur eines gemeinsam – den verirrten Schuss. Aber zuerst will ich sicher gehen, dass Clemens die OP gut überstanden hat und danach will ich nach unserer Kollegin schauen. Hoffentlich überlebt sie es und hoffentlich – ja, hoffentlich weiß sie, warum ihre Kollegen auf sie geschossen haben.“

„Guter Plan.“

„Ob gut, wird sich noch zeigen. Es ist jedoch mein einziger.“

Daraufhin verstummten sie beide und schwiegen so lange, bis ein Arzt aus dem OP kam und ihnen von dem zufriedenstellenden Verlauf und entsprechend gutem Befinden von Clemens berichtete.

„Okay – dann sehen wir mal nach Anne.“ Nina stand stöhnend auf, streckte und reckte sich.

„Die angeschossene Polizistin?“, erkundigte sich der Arzt. „Was ich weiß, dass ihr Zustand nach wie vor kritisch ist. Sie wurde auf die Intensivstation gebracht.“

„Danke. Für Ihren Einsatz und auch für die Info.“

„Sie tun ja Ihren Job und wir unseren.“

Nina und Sheriff studierten eine Weile den Plan, der in jedem Stockwerk über den Aufzügen hing. Nachdem eine weiß gekleidete Krankenhausmitarbeiterin ihre Ratlosigkeit bemerkt hatte, erklärte sie ihnen den Weg und sie bestiegen endlich den Aufzug.

Nach einem kurzen Gespräch mit dem diensthabenden Arzt begleitete sie dieser zu dem Zimmer am Ende des Ganges, vor dem …

„Wo ist der Polizist, der vor ihrer Tür stehen soll?", erkundigte sich Nina, nachdem sie einen leeren Gang vorfanden. „Hast du etwa keinen angefordert?"

„Klar habe ich das", verteidigte sich Sheriff.

„Da war ja auch die ganze Zeit einer", erklärte der Arzt und sah sich um. „Vor einem Augenblick stand er noch direkt vor der Tür."

„Gefällt mir nicht", verkündete Nina. Sie zog die Waffe aus ihrer Handtasche und rannte los.

Ehe Sheriff reagieren konnte, durchschoss sie die Glaswand, die den Raum vom Gang trennte und streckte den Mann im weißen Arztkittel nieder, der eben dabei war, die Patientin zu erwürgen.

„Ich sorge dafür, dass keiner die Station verlässt. Fordere du schon mal Verstärkung an." Sheriff eilte zurück zum Stationseingang.

„Sehen Sie bitte nach, wie es um sie steht", wies sie den Arzt an.

„Aber …"

„Sie hat Vorrang – ich übernehme die Verantwortung", erklärte sie kurzerhand und sah selbst nach dem reglosen Polizisten mit aufgeschlitzten Kehle, der auf dem Boden neben dem Bett lag. Aber für diesen kam jede Hilfe zu spät. Also drehte sie den Fremden auf den Rücken, um ihn in Augenschein zu nehmen. Und als sie schon nach Sheriff sehen wollte, bekam sie eine Idee.

„Schaden kann es sicher nicht." Nina holte das Handy aus der Handtasche, die sie im Gang fallen gelassen hatte und schoss ein paar Fotos vom Tatort, wie auch dem getöteten Polizisten und dem Fremden. Als sie diesen umgedreht hatte, war seine Hand zur Seite gerutscht und nun lag die Handfläche samt Fingern in seiner Blutlache. Da er ein Tattoo am Handgelenk trug, kniete sie sich nieder, legte sich die Hand auf den Schenkel und machte noch ein paar Aufnahmen von dem Tattoo, ehe ihn der alarmierte Sicherheitsdienst des Hauses mit Hilfe der Stationspfleger auf die Trage verfrachtete, und direkt in einen Operationssaal abtransportierte.

„Unsere Kollegen übernehmen, sobald sie hier sind", rief ihnen Nina hinterher, danach fragte sie den Arzt von neuem, wie es der Polizistin ging.

*

„Schnupperst du schon in einen anderen Beruf rein, sollte es auch diesmal mit deiner Anhörung nichts werden?", spottete Milan über den Arztkittel, den sie gegen den blutbeschmierten Overall getauscht hatte.

„Dies ist echt nicht der richtige Ort für Witze", entgegnete sie müde.

„Dann fahr heim. Ich übernehme hier für dich."

Nina sah ihn verdutzt an.

„Was ist?"

„Endlich mal was Vernünftiges aus deinem Mund. Ich kann es nur kaum glauben."

„Hast du nicht gesagt, dass dies nicht der richtige Ort für Witze ist?"

„Habe ich und das war auch kein Witz", sie ergriff ihre Handtasche und den zusammengeknüllten Overall und verließ das Krankenzimmer, ehe er sein Angebot zurückziehen könnte.

13

„Dein Gesicht ist schon ganz rot.“

„Wie? Was?“, sie pustete endlich die angehaltene Luft aus und atmete tief durch. „Es ist …“, sie schüttelte den Kopf.

„Was?“, fragte diesmal Sheriff.

„Mir ist, als würde ich ein wichtiges Detail übersehen – aber ich komme nicht darauf, was es ist.“

„Schlaf mal ne Nacht drüber.“

„Ja, wird wohl das Beste sein. Ich bin ja auch richtig erledigt. Meine Rippen tun weh und all die toten Kollegen …“, jauchzte sie ungewohnt emotional. „Vielleicht ist an Milans Bemerkungen was Wahres dran. So langsam denke ich, dass ich meinen privaten Stress nur als Vorwand benutze und in Wirklichkeit nicht für diesen Job gemacht bin.“

„Unsinn!“, lachte er laut, verstummte aber abrupt. „Du bist eine Super-Ermittlerin. Und wenn einer diesen beschissenen Fall löst“, er schlug mit beiden Händen auf das Lenkrad und das nicht, weil ihn ein anderer Wagen ausgebremst hatte und er deshalb die grüne Phase verpasst hatte. Dennoch beruhigte er sich sofort und sah sie an. „Wenn ihn einer löst, dann du und nicht der hochnäsige Affe.“

Nina sah ihn eine Weile stumm an, dann ließ sie ihn wissen: „Vielleicht will ich das gar nicht mehr. Weder diesen Fall lösen noch einen anderen.“

„Sag nicht sowas", lachte er amüsiert, wandte den Blick wieder der Straße zu und fuhr weiter.

Sie schwiegen lange Zeit, bis Nina der Stille unerwartet ein Ende setzte: „Du hast das Komitee erwähnt. Hast du noch etwas über Bakar Daschajev rausgefunden?"

„Nein. In den letzten Jahren war er kaum noch aktiv, aber am Anfang seiner Mitgliedschaft hat er ordentlich für Aufsehen gesorgt und hat sich mit den Freiheitlichen angelegt, weil sie sich dafür aussprachen, den Kritikern von Milošević, die um politischen Asyl angesucht haben, keinen zu gewähren."

„Mag sein, dass er sich da Feinde gemacht hat, aber das ist doch gute zwanzig Jahre her. So nachtragend ist doch keiner …"

„Du schon, denk nur an den Vorfall in dem Obdachlosenheim."

„Das war kein Vorfall, sondern Vortäuschung falscher Tatsachen und ich bin nicht nachtragend, sondern sauer."

„Sauer – nachtragend, wie auch immer. Daschajev hat es tatsächlich geschafft, dass einige Asylanträge am Ende doch noch erteilt wurden. Ich dachte mir, es würde nicht schaden, sich diese Leute mal näher anzusehen, ob nicht dem Antrag von einem davon falsche Tatsachen zugrunde lagen."

„Und, kommt jemand in Frage? Alte Spuren verwischen und etwas Neues anfangen – ist gar nicht so eine abwegige Idee."

„Nein. Die meisten von ihnen sind schon tot – eines natürlichen Todes oder in Folge der Auswirkungen der

Folter durch die serbischen Milizen gestorben. Nur einer ist erschossen worden.“

„Erschossen?“, wunderte sie sich.

„Moment – ich habe mir den Namen nicht gemerkt“, er holte einen Zettel aus der Hosentasche heraus und zeigte ihr den aufgeschriebenen Namen.

„Dušan Bakanovič? Das ist doch …“

„Genau“, er presste die Lippen aneinander, auch, um sich das zufriedene Grinsen zu verkneifen.

„Ja, aber das ist jetzt auch schon 17, wenn nicht gar 18 Jahre her.“

„Hast du eine bessere Spur?“, bemerkte er enttäuscht.

„Nee, habe ich nicht“, brummte sie verärgert und stieg aus. „Reden wir morgen weiter“, verabschiedete sie sich schnell.

„Kein Abschiedskuss?“, bettelte er.

Nina zögerte einen Moment, beugte sich dann zurück ins Wageninnere und küsste ihn auf den Mund. „Deine Lippen fühlen sich toll an“, machte sie ihm ein seltenes Kompliment.

„Gib zu – du hast mir damals den Tipp gegeben, weil du schon zu der Zeit meine Lippen küssen wolltest.“

„Gott“, fauchte sie. „Du hörst dich schon wie Milan an!“ Nina nutzte die Gunst des Augenblicks und eilte davon.

14

„Was wollen wir hier?"

„Du hast doch gesagt, deine Bude wäre klein. Hier erfährst du, was richtig kleiner Wohnraum ist", erklärte Nina und läutete an dem großen Eisentor an. Nur eine Sekunde später ertönte ein Surren und die Tür ließ sich öffnen.

„Was wollen wir hier?", konnte er ihre Absichten immer noch nicht erahnen.

„Wart ab", sie wartete selbst ab, bis aus der verglasten Hauszentrale eine Frau herauskam, der an der Hosenbundschlaufe die Karte mit ihrem Foto, ihrem Namen und dem Namen der Einrichtung baumelte.

„Was kann ich für Sie tun?"

„Können Sie sich noch an mich erinnern?", wagte Nina den Versuch.

Die Frau musterte sie und behauptete schließlich: „Nein, tut mir leid."

„Sie arbeiten hier doch, seit dieses Gebäude erbaut und eröffnet wurde."

„Ja und wer sind Sie?"

„Ich bin von der Polizei und bin damals mit meinen Kollegen in der einen Nacht dabei gewesen, als …"

„Jeeetzt kann ich mich erinnern. Sie und Ihre Kollegin – also ehrlich, hätte mich einer von meinen Kollegen vor allen so niedergemacht, wie der eine damals Sie …", sie bäumte sich vor Nina und Sheriff auf. „Was kann ich für Sie tun?"

„Es ist schon lange her ... Ich hoffe auf Glück ... Haben Sie von dem Mann, von Dušan Bakanovič, noch etwas? Seine persönlichen Sachen, oder vielleicht Dokumente, Kopien von Dokumenten? Oder zumindest irgendwelche Einträge im System? Protokolle von Gesprächen mit der Sozialarbeit?"

„Das ist jetzt echt schon sehr lange her. Also Effekten oder Dokumente gibt es bestimmt keine mehr. Und was die Doku angeht – Datenschutz, Sie verstehen ..."

„Ist die Hausleitung da?"

„Die Haus- nicht, nur die Teamleitung."

Nina, der der Unterschied nicht geläufig war, nickte nur.

„Ja – einen Moment."

„Können Sie ...", rief ihr Nina hinterher, worauf die Betreuerin stehen blieb. „Können Sie vielleicht meinem Kollegen eines der Zimmer zeigen, während ich mich mit der Teamleitung unterhalte?"

„Ja – sicher."

„Hm – hier riecht's aber lecker." Sheriff grinste, als er eine Nase voll Kanabis-Geruch eingeatmet hatte.

Der Zivildiener grinste zurück. „Sind Sie wegen der Explosion im Stadion hier?"

„Wieso? Wissen Sie etwas darüber?"

„Nein, nur, dass angeblich einer der Getöteten vor ein paar Jahren hier gewohnt haben soll."

„Echt?", wunderte er sich für den Schein. „Kann ich vielleicht sein altes Zimmer sehen?"

„Ich weiß jetzt nicht auswendig, wo er gewohnt hat. Aber die Zimmer werden nach dem Auszug geräumt, gereinigt und weiter vergeben. Also …“

„Wohnt schon wer anderer drin, ich verstehe.“

„Ja – so, aber grundsätzlich sind alle Zimmer gleich, bitte schön …“ Der junge Mann sperrte eine der vielen, gleichaussehenden Türen, an denen sie vorbeigegangen waren, auf.

„Boah, das ist echt klein. Da wird man ja direkt klaustrophobisch.“ Sheriff betrat den Raum. Schon nach dem ersten Schritt erreichte er die Mitte, von wo aus er sich gründlich umsah.

Das Zimmer besaß das Notwendigste: ein Bett, einen Schrank, ein Regal, wie auch einen Tisch mit einem Stuhl. Und natürlich auch ein Fenster. Sheriff begab sich zu diesem, öffnete es und sah hinaus.

„Ist schon mal wer aus dem Fenster gesprungen?“

„Einmal, da …“, stockte er urplötzlich, da er die Einzelheiten der letzten Datenschutzschulung noch deutlich präsent im Gedächtnis hatte, und fuhr erst nach einer Weile fort. „Der Nachtdienst hat die Polizei verständigt und die haben ihn dann dazu gebracht, wieder rein zu klettern.“

„Okay, ich bin jetzt deprimiert genug und würde hier gerne wieder rauskommen“, forderte er ihn auf, ihm den Weg freizugeben.

„Klar doch. Ist auch nicht für immer gedacht, sondern nur für höchstens zwei Jahre.“

„Zwei Jahre? Das klingt nach einem regen Wechsel“, bemerkte Sheriff.

„Na ja, einige bleiben auch ein paar Monate länger. Bei manchen entsteht der Eindruck, als würden sie hier ewig wohnen, weil sie die Wohnung oder den Platz in einer anderen Einrichtung nach kurzer Zeit wieder verlieren und hierher zurückkehren."

„Ich verstehe", brummte Sheriff, obwohl er, vor allem was die Gründe für den Verlust anging, nur eine vage Vorstellung besaß. „Können wir?", drängte er den jungen Mann durch die Tür zurück in den Gang.

„Vielen Dank ..." Nina und Sheriff stießen in dem Eingangsbereich wieder aufeinander.

„Tut mir leid, dass ich Ihnen nicht weiter helfen konnte", entgegnete die Frau, die als Einzige von all den Angestellten private Kleidung trug.

„Ah – ich gehe auf jeden Fall mit mehr Informationen, als ich gekommen bin."

„Na dann, alles Gute ...", sagte sie, worauf sie sich die Hände reichten. Nachdem sich auch Sheriff verabschiedet hatte, verließen sie zügig das mehrstöckige Haus.

„Und, Bock einzuziehen?", neckte sie ihn.

„Also – Hilton ist es nicht gerade", teilte er ihr seine Eindrücke mit. „Und du? Irgendwas Brauchbares erfahren?"

„Ich habe den Namen des Sohnes in Erfahrung bringen können."

„Das hätten wir beim Standesamt oder dem Meldeamt auch."

„Glaube ich nicht, denn die Mutter hat den Vater nie bekannt gegeben. Deshalb ist diese Verbindung nicht amtlich."

„Dann lass uns mal rausfinden, wo der Sohn wohnt", schlug Sheriff vor. Daraufhin stiegen sie in den Dienstwagen und fuhren zurück ins Büro.

15

„Oh, gut dass ihr da seid", passte sie Oskar in der offenen Tür seines Büros ab und befahl beide zu sich.

„Was gibt's?", erkundigte sich Sheriff.

„Hättest du lieber nicht gefragt. Ich befürchte Schlimmes", sagte Nina, nachdem sie Milan auf dem Gästeplatz erspäht hatte.

„Der Schütze ist weg", setzte dieser sie umgehend ins Bild.

„Wie – weg?", wunderten sich beide.

„Er sollte vom OP-Saal direkt auf die Intensiv gebracht werden …" Milan nahm einen Schluck vom Kaffee aus Ninas Tasse, die sie während ihrer Abwesenheit in einem Schrank in der Kaffeeküche aufbewahrte und sah ihr mit einem Schmunzeln auf den Lippen dabei zu, wie sie aus Zorn von innen an ihrer Wange nagte. „Dort ist er allerdings nie angekommen."

„Die OP war gestern am Abend. Und du kommst damit erst jetzt?", fragte sie ruhig, als würde sie darauf warten, dass er jeden Augenblick die Meldung als Witz abtun würde.

„Wir haben die ganze Nacht gesucht …"

„Nach wem? Nach einem frisch operierten Mann? Ist er etwa noch narkotisiert vom OP Tisch runtergesprungen und davongelaufen?"

„Nein, ein Pfleger und der Wachmann waren dabei. Und da wir keine Leichen gefunden haben, gehen wir davon aus, dass die zwei ihm dabei geholfen haben …“

„Etwa wer von uns?“

Milan schüttelte den Kopf.

„Wie …? Hast du sie nicht überprüft? Nicht mal den Polizisten, der ihn bewachen sollte?“, wurde sie zunehmend wütender.

„Was regst dich auf – du bist schließlich nach Hause gegangen. Ich konnte ja nicht überall sein!“

Nina merkte, wie Oskars Miene düster wurde, als er von ihrem verfrühten Feierabend erfahren hatte.

„Ah – so läuft der Hase also. Du warst es doch, der mich nach Hause geschickt hat …“

„Also – echt, Nina“, schüttelte er entsetzt den Kopf.

„Ich habe es auch gehört“, schritt Sheriff ein. „Du hast klar und deutlich gesagt, sie soll heimfahren, du würdest für sie übernehmen“, verkündete er mit strenger Stimme.

„Die Arbeitsmoral in deiner Abteilung lässt echt zu wünschen übrig“, richtete er das Wort an Oskar, der zwar schwieg, aber ihn mit Argwohn musterte. „Bei Fällen wie diesen gibt es keinen Feierabend, Schatzilein“, säuselte Milan affektiert. „Falls ich sowas tatsächlich gesagt haben sollte und ich betone – falls – dann war es als Witz gemeint!“

„Ein Witz? Ein Witz ist, dass du einen Mann nicht zu überprüfen schaffst, aber ich … Ich soll, nachdem ich unsere Kollegin Anne wiederbelebt habe … Mir Clemens angeschossen in die Arme gefallen war und ich verhindert habe, dass der Typ, der – und das ist dein alleiniges Verschulden und sonst von niemanden, dass uns der Typ entwischt ist … Ich habe verhindert, dass dieser sie tötet … Zudem habe ich dich darauf aufmerksam gemacht, dass die Intensivstation kein Ort ist, an dem man Witze reißt –“

„Habe ich auch gehört“, betonte Sheriff.

„Ach ja, die getöteten Kolleginnen und Kollegen in dem Gasthaus habe ich auch entdeckt, während du, statt den Tatort rund um das Tor vorschriftsmäßig zu sichern, gleich wieder dabei warst, zusammen zu packen und dich zu verdrücken, um womöglich irgendeinem Tratschblatt ein Interview zu geben …“

„Willst du jetzt einen Orden, weil du deine Pflicht getan hast, oder wie?“, fauchte er.

„Was genau hätte ich deiner Meinung noch tun sollen? Und vor allem – was hast du gemacht, weil du keine Zeit hattest, um ihn zu überprüfen? Sicher mit der Zunge irgendeiner Krankenschwester im Hals gesteckt …“

„Du bist – niveaulos, Nina. Und – wenn du der bisschen Herausforderung nicht gewachsen bist, ist dieser Job vielleicht nicht der richtige für dich. Ist ja nicht zum ersten Mal, wo du versagt ha –“

„Raus hier!“, konterte sie, noch ehe er den Satz zu Ende sprach. „Und lass dich hier nie wieder blicken. Nie wieder – verstanden, oder soll ich es für dich buchstabieren?!“

„Pass auf, was du sagst, sonst hast du die längste Zeit an diesem Fall mitgearbeitet!“

„Schieb dir den Fall sonst wohin und jetzt – raus hier!“

„Ich hoffe, das hast du jetzt auch gehört“, richtete er seine Worte an Sheriff.

„Ich bin gar nicht hier. Siehst du mich etwa?“, entgegnete dieser.

„Oskar?", suchte er bei Ninas Vorgesetztem nach Rückhalt.

„Also – ich, ich hole mir jetzt einen Kaffee", nahm er seine Tasse in die Hand.

„So läuft das hier also. Gut zu wissen", Milan stand Milan seufzend auf und begab sich zur Tür. „Ich werde dafür sorgen, dass ihr alle untergeht. Alle … Habt ihr gehört?"

„Nimm die Tasse mit!", rief sie ihm zu.

„Was soll ich damit?"

„Ist mir scheißegal. Aber nimm sie mit, sonst könnte es sein, dass ich sie dir an den Kopf schmeiße, sobald du mir den Rücken zudrehst. Und meine Trefferquote kann sich sehen lassen", sie stand angespannt neben dem Tisch, bereit, ihren Worten Taten folgen zu lassen.

Milan kehrte zu dem Tisch zurück, nahm die Tasse, die Ben in der Volksschule für seine Mutter bemalt hatte und begab sich damit zur Tür. Ehe er den Raum verlassen hatte, warf er die Tasse in den Mülleimer, der direkt neben der Tür stand.

„Ich wette, der Trottel hat ihm weder Fingerabdrücke nehmen, noch ein Foto von ihm machen lassen, sodass wir nichts haben, um ihn zur Fahndung rauszugeben", bemerkte Sheriff.

„Soll ich dir was sagen?", sie hob die Hände, als würde sie sich ergeben. „Ist mir doch egal", konterte sie. „Ist mir echt – egal", sie ging zur Tür, fischte die Tasse aus dem Müll heraus, prüfte sie auf mögliche Beschädigungen und ging in die Teeküche, um sie gründlich zu waschen.

„Nina", ertönte hinter ihrem Rücken und nachdem sie sich umgedreht hatte, stand Oskar in der nicht vorhandenen Tür der winzigen Teeküche.

„Heb dir die Standpauke für ein anderes Mal auf. Ich hab jetzt keinen Bock drauf."

„Da will dich jemand sprechen."

„Was? Ist er etwa zurückgekommen?", fauchte sie, knallte die Tasse auf die kleine Arbeitsplatte und wollte durch den Durchgang, aber Oskar stellte sich ihr in den Weg.

„Nein – es ist Michalek."

Ninas Gesichtszüge entspannten sich schlagartig. „Mist – den habe ich völlig vergessen."

„Du kennst ihn?"

„Ja – ist eine lange Geschichte."

„So lang wie Milans?"

„Hast du mich eben ein Flittchen genannt?"

Oskar zögerte mit der Antwort.

„Ich habe ihn vor zwei Tagen angerufen – es hatte mit diesem ... also mit dem Fall zu tun", sie hatte sich eben vorgenommen, Milans Namen nie wieder zu erwähnen.

„Er wartet in meinem Büro." Oskar ging endlich zur Seite, sodass sie aus dem kleinen Raum heraus konnte.

„Ich hatte nicht vor, Sie persönlich kennen zu lernen", sagte der Mann, als er ihr die Hand reichte.

„Ich hoffe, Sie glauben nicht an ein schlechtes Omen." Nina musterte den durchtrainierten, aber nicht besonders groß geratenen Mann.

„Nein – sollte ich?"

„Beileid zu bekunden ist wohl nicht ganz passend, aber – es tut mir sehr leid. Sehr …“, verstummte sie abrupt.

„Ich saß beim Anwalt. Dem Anwalt meiner Frau. Sie will sich von mir scheiden lassen. Wer hätte gedacht, dass mir die Frau, die mir die letzten zwanzig Jahre das Leben zur Hölle gemacht hat, am Ende dieses rettet?“

„Falls das eine Aussage sein sollte – wo Sie zur besagten Zeit waren, dann sind Sie bei mir falsch. Ich arbeite nicht mehr an diesem Fall.“

„An welchem Fall? Hat der Übungsflug meiner Männer etwas damit zu tun?“

„Das“, Nina verstummte und seufzte laut. „Das rauszufinden gehört nicht mehr zu meinen Aufgaben.“

„Oskar?“, der Mann wandte sich an Ninas Vorgesetzten.

„Okay, Nina. Erzähle ihm alles, was du bislang in Erfahrung gebracht hast.“

„Das sind laufende Ermittlungen …“

„Die womöglich auch seine Leute betreffen.“

Nina schüttelte den Kopf.

„Verdammt – ich würde auch gerne wissen wollen, was los ist, bliebe mir von euch allen nicht mehr als einer übrig.“

Nina begab sich schweigend zur Tür.

„Nina!“, herrschte sie Oskar an.

„Ich muss nur was holen. Bin gleich wieder zurück.“

*

„Das ist mein Kollege Maqbool. Wenn ich mich schon wieder gegen meinen Willen mit Milans Angelegenheiten befassen soll, dann möchte ich, dass er dabei ist." Nina warf die drei eingepackten Projektile auf den Tisch.

„Was ist das?"

„Das wissen Sie nicht?"

„Ich weiß schon, was es ist, aber als Sie mich am Telefon danach gefragt haben, dachte ich …"

„Was? Dass ich spinne?"

„Dass Sie nichts davon verstehen …"

Nina stockte, schluckte kurz und verdrehte anschließend die Augen. „Siehst du?!", wandte sie sich an Oskar. „Diesen Ruf habe ich auch alleine ihm zu verdanken. Ich kann es kaum erwarten, erneut vor die Kommission zu treten …", verfluchte sie Milan weiterhin im Geiste.

„Sowas wenden wir nicht an", ging Michalek auf ihre Drohgebärde nicht ein. „Nicht einmal zu Übungszwecken. Mir ist allerdings mal zu Ohren gekommen, dass das Waffenlabor der Sondereinheit damit experimentiert."

„Wie – der Sondereinheit?", wunderte sich Nina.

„Also – ich weiß nichts Genaues, aber das hat mal Sheriff …"

„Sheriff?", sie sah ihren Kollegen an.

„Ich? Ich sehe ihn zum ersten Mal!", beteuerte er.

„Welch ein Zufall", schmunzelte Michalek und setzte sogleich wieder eine ernste Miene auf. „Einer der drei, nach denen Sie sich erkundigt haben … Er hieß Živoin Mrdetko. Da das kaum einer von uns aussprechen konnte, nannten wir ihn Sheriff. In seiner Freizeit trug er gerne Cowboystiefeln mit Sporen …"

Nina merkte, dass es ihm nicht leicht fiel, über den Mann in der Vergangenheit zu sprechen.

„Haben Sie die drei informiert, dass ich mit ihnen sprechen wollte?“

„Wollte ich, aber … irgendwie hatte ich nur den Anwaltstermin im Kopf und hab es schlichtweg versäumt.“

„Und – woher wusste Ihr Mann von diesen überzogenen Projektilen?“

„Er kennt … kannte diesen vieltalentierten“, betonte er so sehr, dass Nina umgehend klar war, wen er meinte. „Milan Brkič. Der Typ hält … Also zumindest zu der Zeit hielt er nicht viel von Vorschriften und hat schon mal das eine oder andere ausgeplaudert, was sich auch für unsere Einheit als nützlich erwiesen hat und wir nicht erst auf offiziellem Wege eine Anfrage stellen mussten.“

Nina und Sheriff sahen sich eine Weile direkt in die Augen. „Weißt du – was das zu bedeuten hat?“, fragte Sheriff.

„Gar nichts. Man müsste Proben von dem Überzug nehmen und sie mit dem der Geschosse aus dem Labor vergleichen.“

„Wollt ihr uns nicht einweihen? Jetzt habt ihr mich nämlich auch neugierig gemacht“, beteiligte sich Oskar urplötzlich an dem Gespräch.

Nina stand eine Weile stumm neben dem Tisch und starrte die Beweismittel an, als würde sie diese fragen, ob sie das Richtige tut.

„Den hier habe ich in dem Gasthaus gefunden“, sagte sie schließlich und schob ihrem Gast eine der Tüten vor.

„Unmöglich", schluchzte Michalek, aber Nina hob nur die Hand.

„Lassen Sie mich zu Ende erklären. Den hier", sie schob die nächste Tüte vor, „... fand ich bei den drei Männern, die ich befragen wollte. Die haben wir ja unter dem Maramures Tor gefunden ...", sie merkte, dass er schon wieder einwenden wollte, also stoppte sie ihn erneut, in dem sie die Hand erhob. „Dieses", sie tippte mit dem Finger auf das letzte Projektil. „Das habe ich aus dem Stadion. Bei der Tatortbegehung wurde auf uns geschossen und alles deutet darauf hin, dass einer Ihrer Männer, einer der drei Männer geschossen hat."

„Nie im Leben!", entgegnete er sofort.

„Was war das für eine Übung? Flogen sie offen? Also mit offener Seitenklappe, oder wie man das bei Hubschraubern bezeichnet?"

„Nein. Es ging nur um den Flug an sich. Sie mussten im vorgegebenen Zeitrahmen die vorgegebene Strecke abfliegen. Piloten müssen regelmäßige Flüge nachweisen."

„Gab es auch eine vorgegebene Ausrüstung?"

„Nein – also keine Waffen, denn darauf wollen Sie offensichtlich hinaus."

„Gut – dann fassen wir zusammen. Sie flogen geschlossen und ohne Waffen. Aber einer von ihnen hat mich nur knapp verfehlt. Und wenn der Hubschrauber kein Loch in der Hülle hat, dann flogen sie nicht nur mit unerlaubten Ausrüstung, sondern auch noch mit offener – wie auch immer." Nina sog ihre Oberlippe zwischen die Zähne und nagte eine Weile daran. „Wird der Hubschrauber extern gewartet, oder machten das

Ihre Leute selbst?"

„Wir alle können im Notfall Reparaturen durchführen. Aber um die gröberen Angelegenheiten kümmert sich wer anderer."

„Dann fragen Sie nach, denn der Schuss ist mit Garantie aus dem Hubschrauber abgefeuert worden."

Dieses Mal nagte Michalek an seiner Lippe, dann gab er kleinlaut zu: „Ich … Sie haben bestimmt recht."

„Was weißt du, Michael?", fragte ihn Oskar direkt.

„Nichts … Aber die Drei waren an dem Tag gar nicht dran und haben kurzfristig mit einer anderen Gruppe getauscht. Warum genau – das … Vielleicht haben sie es erwähnt, aber es erschien mir nicht wichtig und spielte zu dem Zeitpunkt auch überhaupt keine Rolle …", er flüchtete mit dem Blick.

„Ich weiß, eine Scheidung kann einen schon sehr mitnehmen", zeigte Nina Verständnis.

„Haben sie … Haben sie etwa die anderen auf dem Gewissen?"

„Das weiß ich nicht. Der Kollege von der Spurensicherung war gerade auf das Projektil gestoßen", sie wog die Plastiktüte in der Hand, „als auf ihn geschossen wurde. Danach kamen wir nicht mehr dazu, es in Erfahrung zu bringen."

„Es ergibt keinen Sinn." Die Falten auf seiner Stirn ergaben hingegen gleich mehrere Fragezeichen.

„Wissen Sie …", Nina leckte sich über die eine Lippe, dann über die andere und wieder über die erste, ohne sich dessen bewusst zu sein. „Sie wollen nicht glauben, dass die Männer geschossen haben. Weder vom Hubschrauber – noch in dem Gasthaus. Sie haben nicht gesagt – sie könnten es nicht", sie verstummte kurz und fuhr dann fort. „Also – ich könnte es nicht. Ich meine - aus einem Hubschrauber … Ja, schießen schon, aber wer weiß, wo der Treffer gelandet wäre."

„Sheriff konnte es. Der Typ konnte während eines Bungee-Sprungs einen präzisen Schuss abfeuern."

„Sie sagen das so, als gäbe es ein Aber", bemerkte Nina.

„Tja", seufzte er. „Er ist … verdammt", flüsterte er. „Er war in der dritten Generation hier geboren worden, besaß die Staatsbürgerschaft, ließ allerdings keine Gelegenheit aus, um zu betonen, wie stolz er auf seine serbischen Wurzeln war. Und als dann der Krieg im ehemaligen Jugoslawien ausgebrochen war … Also offiziell ist es nicht, aber es gab zumindest Gerüchte, dass er seinen Urlaub nicht dafür genutzt hat, um irgendwo am Strand zu liegen und sich die Sonne auf den Bauch scheinen zu lassen."

„Bakar Daschajev", sagten Sheriff und Nina gleichzeitig. „Dann galt die Bombe mit höchster Wahrscheinlichkeit doch ihm", äußerte Sheriff seine Vermutung laut.

„Ja, aber all die Frauen vor dem Stadion?" Nina hatte immer noch Zweifel.

„Womöglich doch nur Freudesalven", erklärte Sheriff mit sarkastischem Unterton.

„Das war ein Witz und ja, ich weiß, auch das war kein Ort, um Witze zu reißen", verteidigte sie sich.

„Scheint, als wärst du der Lösung sehr nah", spornte sie Oskar an.

„Nein – ich will mit diesem …" Sie presste schnell die Lippen aneinander und konterte: „Ich will mit ihm nichts mehr zu tun haben", sie schüttelte nicht nur den

Kopf, sondern führte auch noch mit Armen und Händen eindeutige Gesten aus.

„Sollst du auch nicht. Michael will bestimmt wissen, wieso seine gesamte Mannschaft sterben musste, oder zumindest sollte.“

„Und wer gibt mir Rückendeckung? Sollte sich herausstellen, dass die Munition aus Milans Labor stammte und er erst mit seinem losen Mundwerk auf diese aufmerksam gemacht hat, wird er mit allem um sich schlagen, nur um die Schuld auf andere abzuwälzen. Und da Ihre drei Männer bereits tot sind, stehe ich in seiner Auswahl weiterhin an erster Stelle.“

„Zwei Rücken werden reichen, oder?“, versprach Michalek.

„Gut, dann sollte mir einer von diesen zwei Rücken die Informationen über die Frauen besorgen, die vor dem Stadion getötet wurden, denn ich kam an diese bislang nicht ran. Milan schwor hoch und heilig, dass es zufällige Passantinnen waren und somit nicht des zusätzlichen Aufwandes wert wären. Und besorgt sie wenn möglich so, dass Milan nichts davon erfährt. Auch, wenn es ihm eventuell gar nicht auffallen würde – so beschäftigt wie er ist“, giftete sie herum und begab sich zur Tür. „Und …“, sie blieb am halben Wege stehen. „Hat jemand eine Idee, wie wir an die Probe von der Ummantelung aus dem Labor kommen?“

„Die besorge ich“, bot sich Sheriff an.

„Wie denn?“, wunderte sich Nina.

„Auch ich habe Beziehungen – schau nicht so“, bemängelte er ihren zweifelnden Blick.

16

„Schaufensterbummel?", Sheriff betrachtete die nächtliche Einkaufspromenade, auf der ihnen zu dieser Uhrzeit nur noch Lokal- und Clubbesucher begegneten.

„Etwas Ruhe und frische Luft schaden nicht."

„Ruhe?", wunderte er sich, da sie gerade an einem Club vorbeikamen, aus dem ohrenbetäubende Musik zu hören war, jedes Mal, wenn der Türsteher die Tür aufmachte, und einen Besucher entweder rein- oder rausließ.

„Du weißt schon, was ich meine."

„Nö", er blinzelte ahnungslos.

„Wir hintergehen ihn … Ja, er ist das Letzte vom Letzten, aber immer noch einer von uns. Mir kommt es vor, als würden wir gegen ihn intrigieren."

„Tun wir das etwa nicht?"

„Nein. Ich will, dass ihm seine eigene Arroganz und Versäumnisse das Genick brechen, aber ich würde ihm nichts in die Schuhe schieben, wofür er nicht verantwortlich ist."

„Nachtragend?"

„Ja – aber sowas von", seufzte sie beschämt.

„O-kay, also – nachdem wir dies geklärt hätten, habe ich schlechte Nachrichten für dich."

„Gab es – was diesen Fall angeht – jemals auch gute Nachrichten?"

„Auch wieder wahr. Na, dann … Milans Labor weiß nichts von den beschichteten Geschossen.“

Nina schüttelte nur lächelnd den Kopf.

„Was?“, jauchzte er schrill. „Das habe ich aus einer verlässlichen Quelle. Wenn …“, er verstummte abrupt, da er beinahe ein Geheimnis ausgeplaudert hätte. „Wenn ich dir sage, dass die nichts davon wissen und nie mit sowas gearbeitet haben, dann ist es so.“

„Es stimmt mich zwar traurig, weil Milan offensichtlich weniger Dreck am Stecken hat als ich befürchtete, aber … Wieso sollten die Drei ihrem Chef eine Lüge auftischen? Vor allem, da er offenbar nicht danach gefragt hat?“

„Müssen wir ihn fragen, ob er eine Idee hat.“

„Ja, aber nicht heute“, sie bog in eine düstere Seitenstraße ein.

„Mensch, werde ich jetzt für die miesen Nachrichten zur Rechenschaft gezogen?“

Nina schwieg und ging voran, blieb erst vor dem Eingang eines Lokals stehen, das sich im Keller eines Altbau-Hauses befand.

„Dies soll nicht zur Regel werden und ich habe lange darüber nachgedacht, ehe ich mich dazu entschieden habe …“

„Wozu?“ Die Unwissenheit verlieh seinem Gesicht ein paar kantige Züge.

„Mir wäre am liebsten, wenn du solche Gedanken gar nicht entstehen lassen würdest. Aber da du dir offensichtlich doch den Kopf darüber zerbrichst, möchte ich dir eine Kostprobe davon zeigen, wie Niko und ich miteinander umgehen.“

„Nennt man das seit neuestem so?“, kicherte er.

„Wie denn sonst?“

Sheriff erstickte mutwillig sein Kichern. „Ja, genau – wie denn sonst.“ Dann deutete er mit der Hand, dass sie vorgehen sollte. Doch schon hinter der Tür blieb er stehen. „Gott – was ist das? Eine Drogenhöhle?“

„Nein – mir ist noch nie was aufgefallen.“

„Du kommst öfters hier her?“

„Hin und wieder.“

„Diese verruchte Seite von dir kenne ich noch gar nicht.“

„Verrucht? Wie kommst du darauf?“, sie sah sich in dem düster wirkendem Raum um. „Aber ja – du kennst mich viel zu wenig.“

„Stimmt – hätte nicht gedacht, dass du so ein Stimmungsmiesmacher sein kannst.“

„Ich bin nervös!“

Erneut fing er an zu kichern, legte ihr die Arme von hinten über die Schultern und kreuzte sie vor ihrer Brust. Während sie langsam durch das Lokal bis in das Hinterzimmer schritten, küsste er sie auf das Haar.

„Und – was passiert, wenn ich Gefallen an dem finde, was ich zu sehen bekomme?“, flüsterte er ihr ins Ohr, auf das er sie anschließend küsste.

Vor der angelehnten Tür angekommen, blieb sie stehen und drehte sich zu ihm um. „Weißt du, woran ich Gefallen finden würde?“

Sheriff brummte, anstatt zu fragen.

„Wenn du ein schweigsamer Betrachter sein könntest.“

„Was ist, wenn ich Fragen haben werde?“

Nina öffnete weit den Mund, gab jedoch keinen Laut von sich. Plötzlich zweifelnd, ob das auch die richtige

Entscheidung war, drehte sie den Kopf bis über die Schulter und sah in den Raum hinein, in dem hinter der Tür Niko und Iris auf sie warteten. „Das habe ich jetzt natürlich nicht bedacht." Dann sah sie ihm nochmals direkt in die Augen. „Nur bitte – lache nicht."

„Was ist, wenn jemand einen Witz sagt?"

„Glaube mir, da wird niemand einen Witz erzählen."

„Ist es so todernst?"

„Nein!", beteuerte sie umgehend. „Es ist nur – ich würde das Gefühl nicht ertragen – ausgelacht zu werden."

„Okay. Ich werde nicht lachen. Versprochen."

Nina nahm ihn daraufhin an der Hand, stieß die Tür auf und führte ihn in das Zimmer hinein, direkt auf Iris und Niko zu, um sie als Erstes zu begrüßen.

„Wow!", jauchzte Sheriff, während er sich umsah. Als Nina sich ihm zuwandte, entdeckte sie ein Schmunzeln auf seinen Lippen. Und als er bemerkte, dass sie ihn ansah, presste er die Lippen sofort zu einer Schnute zusammen. „Ich lache nicht", murmelte er durch diese hindurch.

„Sprich nicht, wenn du keine Fragen hast. Denn das, was du von dir gibst, vor allem die Art, wie du das tust, fühlt sich wie ausgelacht zu werden an."

Sheriff deutete das Zusperren der Lippen und das Wegwerfen des Schlüssels an. Nina seufzte, verdrehte die Augen und führte ihn bis zu der schwarzen Ledercouch, die sich am anderen Ende des Raumes, mittig und mit ausreichend Abstand zur Wand, befand.

Er wunderte sich über diese sonderbare Aufstellung der Möbel. Nina sah darin Tausende an Möglichkeiten,

Spaß zu haben.

Kaum hatten sie Platz genommen, fing Iris an, sich zu entkleiden.

Sheriff starrte sie an, obwohl sie weder die Figur einer Stripperin hatte, noch sich lasziv wie eine solche bewegte.

Nina, die immer noch seine Hand hielt, legte ihm diese auf den Schenkel, ließ sie los, rutschte ein Stückchen zur Seite und während er auf das Geschehen fixiert war, beobachtete sie seine Reaktion.

Niko verzichtete bewusst auf Seile und Handschellen, denn die kamen in seinen eigenen vier Wänden regelmäßig zum Einsatz. Er hatte die Kammer lediglich für eine Stunde reserviert. Deshalb konzentrierte er sich auf Handlungen, für die in seiner Wohnung nicht ausreichend Platz vorhanden war oder die Spuren an der Einrichtung hinterlassen konnten, die er nicht gewillt war, entfernen zu müssen.

Während sich Iris zu der Liege mit Bezug aus schwarzem Kunstleder begab und über diese beugte, nahm er die Kerze in die Hand, die bereits brannte, als Sheriff und Nina gekommen waren.

Als Niko Iris das Wachs über den Rücken goss, lehnte Sheriff noch entspannt an der Rückenlehne und seine Beine waren bequem gespreizt. Doch, als er ihr die heiße, zähe Flüssigkeit über den Po – und so weit es ihm noch gelang – über die Rückseiten der Schenkel schüttete, legte Sheriff ein Bein über das andere, als hätte ihn ein unbekannter Impuls dazu bewogen, seinen Intimbereich zu schützen.

Kurz darauf schlug Niko Iris das erhärtete Wachs mit einer schmalen Lederklatsche von der Haut.

„Ich hol uns was zum Trinken", flüsterte Nina Sheriff ins Ohr, aber er brummte nur und beließ den Blick bei den beiden, auch nachdem Nina aufgestanden war und den Raum verlassen hatte.

Nina stellte sich bei der Bar an, die sich direkt neben dem Lokaleingang befand. Nach dem dritten „Bin gleich bei dir" von dem Lokalbesitzer entschied sie sich, nicht länger zu warten, und begab sich vor die Tür …

Und genau dort fand sie Sheriff nach Ablauf der reservierten Zeit vor. Als er herauskam, lehnte sie an einem Regenrohr und starrte zum nächtlichen Himmel hoch.

„Habe ich was falsch gemacht?"

„Wenn ich ehrlich bin – hättest du es gar nicht richtig machen können."

„Danke für so viel Ehrlichkeit", er nahm sie an der Hand, zog sie von der Wand zu sich, um sie in die Arme zu schließen. „Und – danke für diesen Abend, auch wenn er ziemlich trocken war."

„Trocken?"

„Tja – ich habe auf ein Bier gehofft."

„Oh", lachte sie beschämt.

„Ziehen wir weiter?"

„Ja – unbedingt."

17

„Können Sie sich vorstellen, warum Sie belogen wurden?“

Der Mann schüttelte den Kopf.

„Wie kam es eigentlich dazu, dass Sie überhaupt Informationen wie diesen erhalten haben?“

Michalek schwieg, aber Nina fiel auf, wie er nervös mit der Schuhspitze gegen den Fuß vom Stuhl trat.

„Ist er etwa eines Morgens zum Dienst erschienen und meinte: „Ach übrigens, gestern war ich mit … dem da … einen trinken und weißt du was …?“

„Nein … ach …“, er richtete den Blick zur Decke und tastete damit den Stuck ab, als wollte er sich das Muster ins Gedächtnis einbrennen. „Das bleibt aber hier.“

„Gott – der Fall wird immer ätzender“, lamentierte Nina und lehnte sich im Stuhl zurück.

„Nach diesem sonderbaren Urlaub behielt ich Sheriff … also Živoin …“

„Da schau her – die Aussprache funktioniert doch“, spottete Nina.

Michalek blähte nur die Wangen auf. „Ich behielt ihn nicht nur, weil er ein hervorragender Schütze und Pilot war. Er war ein vorbildlicher Teamplayer und ich konnte mich stets auf ihn verlassen …“

„Ihr *nicht nur* klingt allerdings, als handelte es sich nicht lediglich um ein Gerücht. Wie können Sie dann vom Vertrauen sprechen?“

Erneut musste sie sich eine Weile mit seinen aufgeblähten Wangen begnügen, ehe er von neuem zu sprechen begann. „Stimmt. Nach dem Verbrechen in Srebrenica hatten sich viele der Beteiligten ins Ausland abgesetzt. Živoin schwor, dass er nur geholfen hatte, seine Verwandten aus dem Gebiet rauszubekommen. Zurückgekehrt – wollte er den Opfern unbedingt Gerechtigkeit zukommen lassen und Brkič ... Also Milan verfügte schon damals über Kontakte, die sich beim Aufspüren der Kriegsverbrecher als sehr nützlich erwiesen haben.“

Sheriff fing an, sich zu schütteln, doch irgendwann konnte er das Lachen nicht mehr zurückhalten, und prustete los. „Also wirklich – was kann der Typ nicht?“

„Kann es sein“, Nina interessierte sich nicht für Sheriffs Lachanfall, „dass dieser Živoin urplötzlich die Fronten gewechselt und Milan dazu missbraucht hat, um an die Opfer ran zu kommen? Er ist ein Blender, aber nicht unbedingt der Hellste“, erklärte sie abschätzig.

Michalek wand sich lange Sekunden, als säße er auf Nadeln, bis er schließlich verkündete: „Ich weiß, alles spricht dafür, aber mir fällt es trotzdem schwer, das zu glauben.“

„Blöd, dass uns der Schütze durch die Lappen gegangen ist“, meldete sich Oskar plötzlich zu Wort, stand von seinem Drehsessel auf und begab sich zum Fenster, um ihren Köpfen frische Luft zukommen zu lassen.

„Kennen Sie den?“, sie holte ihr Handy heraus und zeigte ihm das Bild, das sie von dem angeschossenen

Schützen angefertigt hatte.

„Mensch – Sie haben …?“, staunte Michalek.

Sogar Oskar kehrte rasch von dem Fenster zurück und steckte seinen Kopf dazu, um einen Blick auf das Bild zu erhaschen.

„Nein – sagt mir nichts. Man müsste das Bild mit der Datenbank des Verfassungsschutzes abgleichen“, wand er enttäuscht ein.

„Dann tun Sie das.“ Sie schickte ihm das Foto, nachdem sie seine Nummer erfragt hatte, ganz unspektakulär per WhatsApp zu. „Befinden sich Fingerabdrücke in dieser Datenbank?“

„Von manchen schon. Sagen Sie bloß …“

„Liegt der dreckige Overall noch in dem Dienstwagen, oder hast du ihn inzwischen entsorgen lassen?“, wandte sie sich an Sheriff.

„Wo – im Kofferraum? Ich wusste gar nicht, dass du dort was reingelegt hast.“

„Tja, fehlendes Wissen ist manchmal gar nicht so verkehrt“, versprühte sie ein wenig Sarkasmus. „Was haben Sie Milan als Gegenleistung angeboten?“

„Den Ruhm.“

„Ruhm?“, japste Sheriff.

„Ich habe meinen Leuten stets gepredigt, dass wir nicht auf Pokaljagd sind und nur die Ergebnisse als solche zählen. Sollte er sich doch damit brüsten, der Gerechtigkeit einen Gefallen getan zu haben …“

„Ihr würdet ein gutes Team abgeben“, Sheriff deutete auf Nina und auf den Mann, dessen Körperhaltung während der letzten Minuten ziemlich an Spannung und Geradlinigkeit eingebüßt hatte.

„Ich habe bereits einen Partner. Oder willst du dich etwa schon wieder versetzen lassen?“, fragte Nina nach.

„Versetzen? Ich? Wieso?“, runzelte er die Stirn.

„Ach – nicht so wichtig. Könntest du bitte den Overall holen und ihn der Spurensicherung übergeben? Er hat ein paar Blutflecken abbekommen und ich bilde mir ein, dass einige davon wie Fingerabdrücke aussehen.“

„Und was machen wir in der Zwischenzeit?“, fragte Michalek.

„Waren Sie schon bei Anne im Krankenhaus?“

Der Leiter der Hubschrauberflotte knickte noch mehr ein. „Ja. Jeden Tag mehrmals. Ich bin vorläufig vom Dienst freigestellt. Und da mich meine Frau schon vor Wochen aus der gemeinsamen Wohnung geschmissen hat, kann ich mich entweder den ganzen Tag durch die Pornokanäle des Hotels zappen, in dem ich aktuell wohne, oder –“

„Ich verstehe. Und?“

„Unverändert.“

„Sie ist jung. Vertrauen wir darauf, dass ihr Körper es schafft, mit den Verletzungen fertig zu werden.“

„Ich hab’s verbockt.“

„Ja – es hat zumindest den Anschein.“

„Ich werde mich verantworten, aber zuerst will ich die Verantwortlichen hierfür stellen.“

„Okay, dann will ich nochmals Ihr Gedächtnis bemühen. Sagt Ihnen der Name Dušan Bakanovič etwas?“

„Der Name schon, aber ehrlich gesagt, klingen für mich all diese slawischen Namen gleich. Haben Sie ein Bild?“

„Nicht bei der Hand, aber ich werde eins besorgen.“

„Ist das nicht der Typ, der dich beinahe erschossen hat?“, wurde plötzlich Oskar aktiv.

„Nein – er hat mich nicht beinahe erschossen und das hätte er auch gar nicht tun können, weil er keine Waffe hatte!“, verlor sie kurzerhand die Beherrschung.

„Aber Milan …“, wand Oskar ein.

„Ja, was denn?“, unterbrach sie ihn.

„Ich kenne diese Geschichte“, gestand Michalek.

„Wer nicht?“, knurrte Nina.

„Sie können sich das Foto sparen. Ja – er war einer dieser Männer, die Živoin unbedingt die Gerechtigkeit spüren lassen wollte. Er kam eines Tages zu mir und knallte mir eine dicke Akte auf den Tisch. Dabei war der Auftrag, diese Männer aufzuspüren, längst abgeschlossen. Aber er machte richtig Druck, weil uns Milan schon so oft unter die Arme gegriffen hatte …“

„Sie haben sich erpressen lassen?“

„Aus Ihrem Mund klingt es so … Ich dachte mir, Gerechtigkeit für die Opfer kennt kein Abschlussdatum. Das mit der Waffe war natürlich nicht voraussehbar.“

„Was, dass Milan sie ihm untergeschoben hat?“, fragte sie diesmal direkt nach.

„Nina!“, wies sie Oskar in die Schranken.

„Ach – hör doch auf! Vielleicht hat er sich geirrt und angenommen, dass der Typ nach einer Waffe gegriffen hat. Aber glaube mir endlich … Wenn ich sage, dort war keine Waffe, dann war dort keine. Und die Kommission wird es hoffentlich bald bestätigen, sodass ich diese blöde Geschichte endlich ad acta legen kann“, brummte sie und wandte sich wieder dem geknickten verwaisten Teamleader zu. „Sie waren alle vermummt, daher weiß ich es nicht. Wer war bei dem Einsatz dabei?“

„Wir waren nur für die Vorarbeit zuständig. Aber die drei – Živoin, Peter und Andreas – wollten es unbedingt mit Milans Team zu Ende bringen.“

Nina richtete den Blick wieder auf Oskar. „Ein Schelm – der dabei was Böses denkt.“

„Jetzt … jetzt gehst du echt zu weit.“

„Was? Habe ich was gesagt?“

„Lass es. So lange du nichts Handfestes hast …“

„Der getötete Bakar Daschajev hat sich für Milošević Kritiker eingesetzt. Viele davon sind inzwischen gestorben. Einer wurde getötet …“

„Doch nicht etwa …“, staunten Oskar und Michalek.

„Genau. Wird sicher spannend sein, rauszufinden, zu welcher der zwei Seiten Dušan Bakanovič tatsächlich gehört hat.“

„Und – wie willst du es nach all der Zeit rausfinden?“

„Ich werde seinem Sohn einen Besuch abstatten. Vielleicht kann er mir etwas dazu sagen.“

„Einen Sohn? Ich habe mir bestimmt nicht zu jeden Fall die Einzelheiten gemerkt, aber an einen Sohn kann ich mich beim besten Willen nicht erinnern.“

„Dann will ich hoffen, dass auch sonst niemand von ihm weiß.“

18

„Mirko Jovanović?“

„Ja?“, entgegnete der Mann und schob die Tür gleich wieder zur Hälfte zu.

„Mein Name ist Nina Glück“, sie hielt ihm ihre Marke entgegen. „Ich würde Ihnen gerne ein paar Fragen stellen, allerdings irgendwo, wo uns niemand hinter geschlossenen Türen belauschen kann.“

„Worum geht's?“

Nina holte den vorbereiteten Zettel, faltete ihn auseinander und präsentierte ihm ihr Anliegen. „Es geht um den Parkschaden, den Sie letzte Woche zur Anzeige gebracht haben.“

Der Mann las die Notiz von dem Papier ab, die nicht von einem beschädigten Wagen handelte, sah dann über ihre Schulter zu den anderen Türen. „Na endlich! Haben Sie doch noch das Arschloch gefunden, das mir den Kotflügel ruiniert hat?“, spielte er mit.

„Vielleicht. Darf ich mal reinkommen und mit Ihnen noch ein paar Angaben abgleichen?“

„Ja …“, er öffnete die Tür wieder und kaum, dass sie über die Schwelle getreten war, machte er diese gleich wieder zu und sperrte ab.

„Werden Sie bedroht?“, fragte sie direkt.

„Nein, aber ich bin so aufgewachsen und –“

„Die Angst Ihrer Mutter hat auf Sie abgefärbt. Ich verstehe.“

„Was wollen Sie? Meine Mutter ist letztes Jahr gestorben."

„Könnten wir bitte ein Stückchen weiter weg von der Tür gehen? Ich will nicht irgendwelche Ängste schüren, aber …"

„Die Wände haben Ohren."

„Genau", sie bemühte sich um ein Lächeln, aber es gelang ihr nicht.

Nachdem er sie ins Wohnzimmer geführt und einen Sitzplatz angeboten hatte, rückte sie mit ihrem Anliegen heraus. „Ihre Mutter hat bis zuletzt nirgendwo bekannt gegeben, wer Ihr Vater ist, beziehungsweise war. Wissen Sie etwas über ihn?"

„Nein."

„Das kaufe ich Ihnen nicht ab."

„Ist aber so."

„Und wieso haben Sie mir das nicht schon vor der Tür gesagt?"

Der junge Mann presste die Lippen aneinander und suchte mit dem Blick plötzlich nach irgendwas hinter dem Balkonfenster.

„Hören Sie …" Nina seufzte. „Ich habe nicht vor, Ihr Leben auf den Kopf zu stellen oder Ihnen irgendwelche Unannehmlichkeiten zu bereiten. Ihr Vater wurde erschossen und ich war dabei, als es passiert ist."

Sie hatte den Satz noch nicht mal beendet, hatte er schon den Blick wieder auf sie gerichtet.

„Ich war schon damals der Meinung, dass es zu Unrecht geschah, aber jetzt glaube ich sogar, dass es jemand auf ihn abgesehen hatte. Und diesen jemand würde ich gerne finden und zur Rechenschaft ziehen."

„Und was habe ich damit zu tun?“

„Nichts. Aber vielleicht hat Ihnen Ihre Mutter mal was von Ihren Vater erzählt. Warum sie nicht wollte, dass jemand erfährt, dass er Ihr Vater ist. Er hat sehr darunter gelitten, dass er Sie nie sehen durfte.“

„Woher wissen Sie das?“

„Von der Sozialarbeiterin aus dem Heim, in dem er zuletzt gewohnt hat.“

„Scheiße …, wenn meine Mutter geahnt hätte, dass er es herumposaunt hat …“

„Was? Was dann?“

Der Mann ging stumm zu einem der Regale der altmodischen Wohnzimmerwand, nahm eine ganze Reihe Büchern heraus und beförderte dann ein dickes Kuvert ans Tageslicht. „Das ist ein paar Tage nach meinem achtzehnten Geburtstag per Post gekommen.“

„Es ist zu“, wunderte sie sich.

„Ich habe es nicht geöffnet. Meine Mutter verlangte von mir, dass ich es sofort loswerde. Verbrennen hätte ich es sollen, damit ja keine Spuren übrigbleiben.“

„Wieso haben Sie es nicht getan?“

„Wissen Sie, wie es ist, ohne Vater aufzuwachsen? Nicht – mit geschiedenen Eltern, oder einem Vater, der von einem nichts wissen will. Ich bin ja schließlich nicht adoptiert worden …“

„War sicher nicht leicht für Sie, nicht zu wissen, wo sie Ihr Aussehen her haben, die Eigenschaften, Talente … Aber Sie haben es nicht geöffnet. Warum nicht?“

„Ich hatte Angst, ich würde etwas Schlimmes erfahren.“

„Was zum Beispiel?“

„Das er … Ein Mörder war?“

„Wow – direkt ein Mörder. Nun ja, ich bin hier, weil ich genau das rausfinden möchte. Ob er ein Mörder war, oder das Opfer eines solchen.“

Er reichte ihr das Kuvert. „Nehmen Sie es und gehen Sie wieder.“

„Sie hätten es mir auch vorenthalten können. Ich danke Ihnen, weil Sie es nicht getan haben.“

„Ts“, lachte er aufgesetzt und begleitete sie zurück zur Tür, wartete, bis sie durch diese gegangen war. Ehe er sie gleich wieder schließen konnte, verkündete sie schnell: „Ich werde es noch heute an die Versicherung weiterleiten. Fragen Sie in ein paar Tagen wegen der Übernahme der Reparaturkosten nach.“

„Werde ich machen. Danke.“

„Wiedersehen“, sagte Nina, aber er gab ihr darauf keine Antwort mehr und machte schnell die Tür zu.

19

„Was macht ihr da?" Von Neugier getrieben, gesellte sie sich zu den drei Männern, die über einem Haufen Fotos sinnierten.

„Das sind die Frauen, die bei der Schießerei vor dem Stadion getötet wurden", erklärte Sheriff, worauf auch die anderen zwei ihre Köpfe hoben und sie ansahen.

„Okay", sie drängte sich zwischen Oskar und Sheriff, auch wenn es auf der anderen Seite weit mehr Platz gab. Aber dann hätte sie jedes einzelne Foto drehen, um es nicht kopfüber betrachten zu müssen. „Ist euch irgendwas aufgefallen, was sich als relevant erweisen würde?"

„Sag du es uns", verkündete Sheriff schroff.

„Geht's dir noch gut?", kritisierte sie den Ton.

„Sheriff und ich auch … wir sind der Ansicht …", sprach Oskar nicht zu Ende, weil ihm Sheriff mit dem Ellenbogen in die Rippen schlug.

„Was ist hier los?" Die Anspannung der anderen schlug ihr aufs Gemüt.

„Also ich weiß nicht" Michalek musterte sie. „Ich kenne Kommissarin Glück ja nicht anders."

„Was ist los?!", wurde sie ungeduldig.

„Sie sehen alle aus wie du. Also früher … Vor …", stotterte Oskar.

„Unsinn", lachte sie, nahm einige der Bilder in die Hände und betrachtete sie aus der Nähe.

„Doch", wand Sheriff ein.

117

Nina drehte sich zum Fenster und betrachtete sich in
der Scheibe. Dann legte sie die Bilder wieder zurück
und nahm das läutende Handy aus der Hosentasche
heraus.

„Glück?"

„Er hat behauptet, er ist mein Vater."

Nina verschluckte sich und fing an zu husten. Erst
als ihr Sheriff auf den Rücken klatschte, fing sie sich
wieder.

„Wer, Ben? Wer hat das gesagt?"

„Na, dieser Typ vom Flughafen."

„Wie bitte? Wann?"

„Gerade eben."

„Wie – gerade eben. Wo bist du?"

„Beim Macky vor der Schule. Am Klo."

„Und er?"

„Stimmt es, Mom?"

„Nein, Ben."

„Er schien sich drüber zu freuen. Du kannst es ruhig
zugeben, Mom. Der andere will mich eh nicht."

„Ben – ich werde jetzt nichts Böses über deinen
Vater sagen, aber glaube mir, dieser Typ ist noch weit
schlimmer. Und nein – Milan ist nicht dein Vater", verkündete sie schließlich, worauf sie sofort die Aufmerksamkeit aller Anwesenden erntete.

„Bist du dir sicher?"

„Ben – ich habe es schwarz auf weiß. Also glaube
mir. Und jetzt bleib, wo du bist – ich werde dich
holen", sagte sie und legte umgehend auf.

„Wo fahren wir hin?", erkundigte sich Sheriff.

„Wir?", wunderte sie sich.

„Wenn du alleine fahren willst, dann lass deine

Waffe hier.“

„Ihr habt sie doch nicht alle!“, fauchte sie, aber sowohl Oskars wie auch Sheriffs Blick waren eindeutig.

*

„Ihr hattet recht“, murmelte sie irgendwann.

„Hm?“

„Die Frauen. Sie wurden allesamt von hinten erschossen. Würde man uns alle in eine Reihe stellen und von hinten betrachten … also mich, bevor ich mich auf die Suche nach Oskars Freundin begeben habe –“

„Falls du das denkst – er ist tot. Du selbst hast ihm ein Messer in sein verfluchtes Herz getrieben.“

„Was ist deine Theorie? Dass unweit des Stadions ein Treffen von brünetten Frauen mit schulterlangem Haar und breiten Hüften stattgefunden hat?“

„Nina – du hast doch keinen dicken Arsch.“

„Ach – lass das. Darum geht es doch gar nicht.“

„Und was denkst du? Dass die Bombe dir galt und nicht diesem armen Ex-Söldner? Dass man dein Fehlen im Stadion bemerkt hat und das Versäumte auf offener Straße nachholen wollte? Wer denn? Und vor allem – warum?“

„Keine Ahnung, Sheriff. Ich habe echt keinen blassen Schimmer. Aber alle Spuren führen zu diesem Dušan Bakanovič und die Meisten, die was mit ihm zu tun hatten, sind tot.“

„Wir werden dieses Rätsel lösen. Aber jetzt konzentriere dich auf Ben.“

„Ja … Ich fass es nicht. In Dreistheit macht diesem Kerl so leicht keiner was nach.“

119

„Oh doch. Das Haus seiner Ex zum Verkauf anbieten ist auch nicht ohne."

„Zwei wie diese gibt es bestimmt kein zweites Mal auf diesem Planeten."

„Versprich mir, dass du dich nicht auf die Suche begibst."

„Hn?", fragte diesmal Nina.

„Nach einem dritten von dieser Sorte", erklärte er lachend.

Aber Nina war nicht nach Lachen zumute. Auch deshalb nicht, weil sie an die blonde Simone und den Eintrag in Sheriffs Akte denken musste.

*

„Was suchst du hier?", konfrontierte Milan sie mit der Frage, die sie ihm eigentlich stellen wollte.

„Mein Sohn hat mich angerufen und meinte, ein Irrer würde ihn belästigen."

„Was? Ich habe ihn nur über das Offensichtliche aufgeklärt."

„Du hast einem Minderjährigen aufgelauert und ihm Angst eingejagt. Wage dich nochmals in seine Nähe und ich werde dich anzeigen und eine einstweilige Verfügung erwirken."

„Ich werde einen Vaterschaftstest einklagen."

„Rausgeschmissenes Geld – aber wenn dich das hier weglockt, soll es mir recht sein. Wir sehen uns dann vor Gericht – und sonst nirgendwo mehr. Ist das klar?"

„Ph!", fauchte er lediglich, begab sich aber endlich zum Ausgang.

Nina sah ihm so lange nach, bis er aus ihrem Sichtfeld verschwunden war. Dann klopfte sie auf die Tür der Herren-Toilette. „Ben, du kannst jetzt rauskommen.“

„Hast du keinen Schiss?“, erkundigte sich Sheriff.

„Schiss? Wovor?“

„Was bei dem Test rauskommt.“

„Den Test habe ich doch schon damals machen lassen. Ich hätte ihm nie die Vaterschaft angehängt, wäre ich mir nicht sicher gewesen.“

„Ihm? Du hast noch nie, wenn du ihn erwähnt hast, seinen Namen genannt.“

„Hat seine Gründe“, brummte sie, nahm Ben in Empfang, wartete ab, bis er sein Essen einpackte und fuhr ihn dann heim.

20

„Okay – was haben wir?", fragend betrat sie das Büro, kam direkt auf den Tisch zu, setzte sie sich zu den Männern und griff in die Donutschachtel, die Oskar auf dem Weg zur Arbeit besorgt hatte.

„Nina", knurrte er mahnend.

„Ja, ich weiß, mit einem breiten Arsch bin ich leichter zu treffen, aber lass das ruhig meine Sorge sein."

Michalek hatte Mühe sich bei dem breiten Grinsen die Zuckerglasur von den Lippen abzulecken, aber nachdem es ihm schließlich doch noch gelungen war, fing er mit der Präsentation seiner Nachforschungen an. „Der Angeschossene heißt Djordje Djordjevič."

„Und – was wissen Sie über ihn?", fragte Nina. Insgeheim freute sie sich, dass der Mann endlich identifiziert werden konnte. Aber die Informationsbeschaffung als solche ging für ihren Geschmack zu langsam voran.

„Laut Augenzeugen war er maßgeblich an dem Massaker in Srebrenica beteiligt. Seit 1996 wurde er gelegentlich in Wien gesichtet, aber uns ging er jedes Mal knapp durch die Lappen. Aktuell wird immer noch in ganz Europa nach ihm gefahndet."

„Warum wart ihr hinter ihm her?"

„Es gibt einen internationalen Haftbefehl – wir wollten ihn festnehmen", wunderte er sich über die Frage.

„Also kein Verdacht auf … irgendwas anderes?"

„Nein. Unseres Wissens ist er nur untergetaucht."

„Hat er Geld?“

„Also die Wohnungen, wo er vermutet wurde, waren jetzt keine Jugendstilvillen, aber es waren auch keine leerstehenden Abbruchbuden.“

„Sondern?“

„Privatwohnungen, die er unter einem falschen Namen gemietet hatte.“

„Welche Preisklasse?“

„Kleinstwohnungen für ein ebenso kleines Budget.“

Nina klatschte daraufhin mit beiden Händen gleichzeitig auf den Tisch und das mit solcher Wucht, dass alle Drei erschrocken zuckten.

„Das muss natürlich nichts heißen, aber Wohnungslose, die keinen Anspruch auf eine Gemeindewohnung haben, suchen genau nach solchen Wohnungen. Vielleicht hat er auch eine Zeit lang in einer der vielen Einrichtungen der Wohnungslosenhilfe gewohnt. Womöglich ist er sich dort mit Dušan Bakanovič über den Weg gelaufen.“

„Sie haben sich ja mit seinem Sohn getroffen. Ist dabei was rausgekommen?“

„Ja, tatsächlich. Gleich mehrere handgeschriebene Seiten, die ich gerade übersetzen lasse.“

„Sie machen den Eindruck, als hätten Sie eine Theorie“, schöpfte Michalek Hoffnung.

„Tja“, Nina schnalzte mit der Zunge, „Theorien habe ich von Anfang an viele gehabt ...“, verriet sie.

„Viele?“, wunderte sich Sheriff. „Du hast immer wieder behauptet, du hättest keinen blassen Schimmer.“

„Keinen Schimmer, was tatsächlich passiert ist. Aber man wird sich noch was zusammenspinnen dürfen, oder? Und indem man versucht die Spinnereien zu belegen oder zu widerlegen, findet man raus", Nina seufzte, „was eben nicht in Frage kommt."

Michalek schmunzelte. „Und – was haben Sie sich so zusammengesponnen?"

„Nehmen wir mal an, Djordjevič und Bakanovič sind sich in einer der Einrichtungen über den Weg gelaufen. Mehr noch – sie haben sich wiedererkannt. Das könnte doch später der Grund für den Vorfall von damals gewesen sein. Der Grund, warum Bakanovič dermaßen durch den Wind war und sich verfolgt gefühlt hat." Nina verstummte für einen Moment lang, als wartete sie auf Zustimmung. Nachdem die Männer der Reihe nach genickt hatten, fuhr sie fort: „Da das Wohnrecht in solch einer Einrichtung begrenzt ist, haben sie sich bald darauf aus den Augen verloren. An dieser Stelle kommt Ihr Živoin ins Spiel. Die beschichtete Munition, die an jedem der Tatorte gefunden wurde, belegt, dass sich er und Djordjevič kannten. Wie diese Bekanntschaft zustande gekommen ist, ist im Moment irrelevant. Aber Ihr Mann verfügte über Mittel und Wege, um den verlorengegangenen Bakanovič wiederzufinden. Er konnte ihn jedoch nicht auf dem offiziellen Weg holen, denn da –"

„Er käme in die U-Haft und hätte sich der Verdacht als unbegründet herausgestellt, dann hätten wir ihn wieder gehen lassen müssen."

„Genau – also wandte er sich an Milan. Den Typ, der mit seinen Erfolgen überall prahlt und nur auf Ruhm aus ist. Ein paar positive Schlagzeilen zu seiner Person in Aussicht gestellt, prüfte er die Informationen nicht nach, die ihm Živoin hat zukommen lassen. Milan ließ seine Beziehungen spielen, fand Bakanovič und der

Rest ist Geschichte."

„Soweit so gut und das hört sich gar nicht so abwegig an. Nur – was ist mit dem Stadion?"

„Daschajev …", sprang Sheriff für sie ein. „Es gibt Aufzeichnungen, denen nach er sich als Mitglied des Straßburger Komitees mit den Anliegen von Bakanovič beschäftigt hat."

„Um welche Anliegen handelte es sich?", wollte Michalek wissen.

„Bei den Anfragen, die an ihn gestellt wurden, handelte es sich meist um abgelehnte Asylanträge und geplante Abschiebungen."

Michalek verzog das Gesicht, weshalb sich Nina zur Erklärung genötigt fühlte.

„Zu der Zeit, als mein Kollege Maqbool dem nachgegangen ist, hat es noch keinen konkreten Verdacht gegeben und auch keinen Grund, mehr in diese Richtung zu recherchieren. Aber – wer weiß? Daschajev selbst wohnte über einen längeren Zeitraum mit Bakanovič unter demselben Dach. Vielleicht hat er sich ihm anvertraut und ihm von Djordjevič erzählt. Was, wenn Daschajev Nachforschungen angestellt hat, weshalb ihn Djordjevič töten musste, um nicht aufzufliegen oder gar gefasst zu werden. Oder umgekehrt – unser verschwundener Patient fand raus, dass es jemanden gab, der wusste, dass der tote Bakanovič kein Täter, sondern Opfer war. Das Ende ist dasselbe: Um nicht aufzufliegen, also der Verschwundene wie auch Ihre Männer, musste das Mitglied des Straßburger Komitees sterben."

„Beides klingt plausibel. Und die Frauen?"

„Tja – die Frauen …, da …", Nina schüttelte den

Kopf. „Vielleicht eine Freundin von Milan … Hat er eine Freundin? Oder ist er gar verheiratet?“, wandte sie sich an Oskar.

„Was schaust du mich an? Du bist doch die jene, die mit ihm eine On-off-Beziehung führt.“

„Was ist das für eine unverschämte Unterstellung?“ Nina spießte ihren Chef mit dem Blick auf. „Ich habe ihn fünfzehn Jahre nicht gesehen und von ihm auch nichts gehört. Während der Schießerei habe ich mir schnell ein Versteck suchen müssen und bin dabei ausgerechnet in seinen Wagen geklettert.“

„Du suchst bei einer Schießerei in einem Wagen Schutz?“

„Klar – die blödeste Idee ever, aber dort war echt nichts und die Kugeln flogen mir regelrecht um die Ohren.“

„Und – was hat er dort gesucht? Er wird bestimmt nicht mit seinem Privatwagen zum Einsatz gefahren sein.“

„Ja … stimmt“, sagte sie staunend. „Obwohl … Er hat sowas erwähnt, dass er in der Nähe war … und da es mich nicht wirklich interessierte, hab ich ihm auch nicht weiter zugehört. Es ist durchaus möglich, dass er selbst bei dem Spiel gewesen ist. Vielleicht sogar mit einer Freundin …“

„Wieso jubelst du ihm ständig eine Freundin unter?“

„Ich juble ihm nichts unter. Aber ich stelle mir vor, dass es auch für einen Profi nicht gerade ein Kinderspiel ist, aus einem Hubschrauber ein weit entferntes Ziel zu treffen. Der Schuss während unserer Tatortbegehung muss ihm gegolten haben. Djordjevič hat die Drei vielleicht unter Druck gesetzt, oder ihnen sonst was erzählt

… Du“, galt Sheriff, „warst schließlich in den Tod von Bakanovič nicht involviert und ich … Für mich war das bis vor kurzem nur ein armer Obdachloser gewesen. Und was die Frauen angeht … Wir haben wohl alle inzwischen bemerkt, dass Milan nicht ganz richtig tickt. Er wird sich eine Freundin gesucht haben, die mir ähnlichsieht. Es gibt ja schließlich unterschiedliche Vorlieben und Ticks“, brummte sie durch geschlossene Zähne, atmete tief durch und fuhr fort: „Und Djordjevič hat in den Frauen eben diese vermutet und wollte ihm mit ihrem Tod einen Denkzettel verpassen oder eine Botschaft schicken – nur leider hat er lauter Unschuldige erwischt und Milan hat somit auch nicht kapiert, dass er in Lebensgefahr steckt.“

„Also Fantasie haben Sie, Nina, das muss man Ihnen lassen.“

„Okay, dann versuchen wir diese Fantasie in eine Theorie umzuwandeln und diese zu belegen, denn – gelingt uns das nicht, stoßen wir hoffentlich auf andere Spuren, die uns endlich auf den richtigen Weg bringen.“

„Bin dafür“, entschied Michalek.

„Und wer erzählt Milan davon?“

„Wieso? Ist ja nur eine waghalsige Theorie“, entschied Oskar.

„Draußen rennt ein Irrer … Also Djordjevič rennt jetzt mit höchster Wahrscheinlichkeit noch nicht, aber die, die ihm aus dem Krankenhaus zur Flucht verholfen haben. Und die haben es bestimmt immer noch auf Milan abgesehen.“

Alle waren sich der Gefahr bewusst, dennoch fühlte sich keiner dazu berufen, zum Hörer zu greifen. Und dann klopfte es an der Tür und kaum drehten sich alle dem Klopfen nach um, ging diese auch schon auf.

„Kriminalkommissarin Nina Glück?"

„Ja", Nina musterte die zierliche Frau.

„Mein Name ist Mila Pölzl."

„Ah – die Dolmetscherin", Nina kam ihr umgehend entgegen.

„Ich halte den Inhalt für sehr wichtig. Deshalb bringe ich es persönlich vorbei."

„Dankeschön." Nina nahm den Umschlag, den sie von dem jungen Mann bekommen hatte, in die Hand, aber die Frau ließ ihn nicht los. „Ist noch was?"

„Falls sich der Inhalt dieses Dokuments als wahr erweist", sie verstummte, presste die Lippen aneinander und Nina überlegte, ob gleich Tränen fließen würden, oder ob es nur Ausdruck von Wut war. „Sehen Sie bitte zu, dass es der Richtige in die Hände bekommt, damit die Schuldigen endlich ihre gerechte Strafe bekommen."

„Na jetzt bin ich aber gespannt", knurrte Nina und riss ihr das Kuvert aus der Hand.

Die Frau sah noch eine Weile Nina direkt in die Augen, als wollte sie sich mit ihr die Kräfte messen. Und als würden sie es wahrhaftig tun, unterlag sie Ninas eindringlichem Blick, machte auf der Stelle kehrt und verließ, ohne noch ein einziges Wort zu sagen, den Raum.

Nina schloss die Tür und kehrte samt dem brisanten Material zu Oskars Schreibtisch zurück. Als sie die Blicke der anderen bemerkte, fragte sie nach: „Was ist jetzt mit Milan?"

„Schauen wir mal, was drin steht. Stell dir vor, wir liegen komplett falsch. Der sorgt bestimmt dafür, dass es die nächsten Wochen täglich in der Tageszeitung steht."

„Auch wieder wahr", stöhnte Nina, öffnete daraufhin das Kuvert und schüttete die zusammengehefteten Seiten aus diesem heraus. Alle vier rückten daraufhin näher zusammen, damit jeder das Geschriebene nicht nur sehen, sondern auch gut lesen konnte …

Während die anderen am Schluss nochmal zurückblätterten und einige Passagen von neuem lasen, griff Nina zu ihrem Handy und wählte eine der Nummern, die sie unter der Kurzwahl gelistet hatte.

„Kriminalkommissarin Nina Glück", sagte sie mit zittriger Stimme. „Ich bin die Mutter von Ben Glück aus der 6D. Bitte, weisen Sie den Schulwart an, niemanden Fremden ins Gebäude rein zu lassen. Und bitte, halten Sie meinen Sohn nach dem Unterricht zurück. Ich werde ihn so schnell wie möglich abholen kommen. Ich gehe davon aus, dass er entführt werden soll."

21

„Wir haben nicht darüber gesprochen, aber Ihre Ausführungen klangen danach, als hätten Ihre Frauen und Männer nicht nur einen der Verantwortlichen von Srebrenica aufgespürt und verhaftet.“

„Ja, ein paar waren es schon“, behauptete Michalek.

„Gab es Gegenüberstellungen?“

„Das nicht, aber wir ließen uns von Zeugen anhand von Fotos die Identität bestätigen.“

„Ich hoffe, diese Zeugen gibt es noch. Ich gebe Ihnen fünfzehn Minuten, um diesen ein aktuelles Bild von Milan vorzulegen. Danach fahre ich los.“

„Nina – ich verstehe deine Ängste, aber du gehst hier ohne Schutz nicht raus!“, eilte Oskar um den Tisch herum und stellte sich ihr in den Weg.

„Ich schwöre … Sollte er nur daran denken, ihm ein Haar zu krümmen, bringe ich ihn um. Du wirst mich nicht davon abhalten können.“

„Nina“, Oskar legte ihr die Hände auf die Schultern und drückte sie nieder. Um sie zu erden, oder einfach nur, um sie festzuhalten. „Gerade jetzt müssen wir alles sorgfältig überlegen. Jeden einzelnen Schritt …“

Nina nickte, presste die Lippen aneinander, aber nur deshalb, weil sie dadurch die Nase straff zog und hoffte, damit die Tränen im Griff zu behalten.

„Mir fehlen die Worte“, verkündete Michalek.

„Wollt ihr meine Theorie hören?“, fragte Sheriff.

„Ich will nur meinen Sohn aus der Schule heil rausbekommen ...“, keuchte sie, da sie mit dieser Entwicklung nie gerechnet hätte und der Schock ihr tief in den Knochen saß. Dann führte sie sich die Hand, in der sie immer noch das Handy hielt, zum Ohr und nahm das Gespräch an. „Glück ... Wie bitte?“, sie packte Oskar am Arm und drückte so kräftig zu, dass er laut zischte. „In der Pause abgeholt? Von seinem Vater? ... Danke für den Anruf. Nein – ich bin mir sicher, dass weder für die anderen Schüler noch für die Lehrer ... also Professoren Gefahr besteht. Wiederhören.“

„Setz dich“, er schob sie rückwärts zurück zum Tisch, auf den Stuhl, den ihr Sheriff bereitgestellt hatte.

„Wieso holt Ihr Mann ihn mitten im Unterricht ab?“, erkundigte sich Michalek.

„Mein Ex und, es kann nur einen Grund dafür geben – Milan hat ihn dazu gebracht. Anders kann ich es mir gar nicht vorstellen, denn er wusste bis dato bestimmt nicht einmal, wohin Ben zur Schule geht.“

„Wer – Milan?“, fragte Michalek weiter.

„Oh – ich bin mir sicher, dass Milan alles in Erfahrung bringen kann, wenn er nur will. Aber mein Ex hat sich für sowas noch nie interessiert.“

„Ich werde gleich ...“

„Was?!“, unterbrach sie ihren Chef. „Wen willst du anrufen und dabei sicher gehen, dass es Milan nicht postwendend erfährt?“

„Wieso? Ich verstehe nicht – wieso?“, kam Sheriff nicht aus dem Staunen.

„Ich schon – es steht ja drin“, sie drehte sich zur Seite und schlug mit der flachen Hand auf den Papierhaufen. „Es geht alles auf meine Kappe, weil ich keine

Gelegenheit auslasse, darauf aufmerksam zu machen, dass Dušan Bakanovič in der Nacht in dem Obdachlosenheim zu Unrecht erschossen wurde. Und nun steht mir die Wiederaufnahme meines Disziplinarverfahrens kurz bevor. Nimmt sich von der Kommission irgendjemand meiner Behauptung an, und wird sich näher mit der Person Dušan Bakanovič befassen, könnte sie oder er womöglich das rausfinden, was hier drin geschrieben steht.“

„Also – das ist die absurdeste Theorie von allen, aber gerade diese bereitet mir richtig Angst“, verkündete Michalek, während er weiterhin versuchte Kontakt zu einem der Überlebenden von Srebrenica aufzunehmen.

„Du fährst dennoch nicht los, ehe ich nicht wen zusammengetrommelt habe, der dich begleitet.“

Nina wählte die nächste Nummer.

„Wen rufst du an?“

„Ben!“, brüllte sie ihren Ex an. „... sag mal, bist du jetzt völlig irre? Mich hat gerade die Schule angerufen, dass du unseren Sohn aus dem Unterricht genommen hast. Das kannst du nicht machen! Ich hetze dir das Jugendamt auf den Hals und werde das alleinige Sorgerecht beantragen!“, sie drehte sich zu Oskar und deutete ihm mit der Hand, dass er sich endlich in Bewegung setzen sollte. „Was? Wer? Milan? Ist er etwa bei dir? Na, der kann sich schon mal warm anziehen!“, fauchte sie noch mal und legte auf.

„Gut gemacht!“ Sheriff klopfte ihr auf die Schultern. „Und jetzt verstehe ich auch die Geschichte mit dem Namen ...“, knurrte er.

„Ja, war keine schlaue Idee, den Sohn nach dem Vater zu benennen“, schluchzte sie. „Ich glaube, ich bekomme gleich einen Herzinfarkt", sie beugte sich weit vor, stemmte die Hände in die Schenkel und atmete kräftig durch.

„Heb dir das für später auf", sagte Sheriff zwar zu ihr, aber fixierte Oskar mit dem Blick, der gerade einen seiner ältesten Freunde um Unterstützung bemühte.

22

„Seht euch vor, wer weiß, ob da nicht irgendwo welche lauern", murmelte sie leise und versuchte dabei die Lippen so wenig wie möglich zu bewegen, denn auch sie konnte bereits unter Beobachtung stehen.

„Konzentriere dich auf dich selbst und überlasse alles andere uns", ertönte direkt in ihrem Ohr.

Nina griff nach der Klinke, aber das Gartentor war abgesperrt. Sie rüttelte ein paar mal kräftig daran und läutete schließlich an. Nur wenig später surrte es laut und das Tor ließ sich daraufhin öffnen.

Resch und mit einem Gesicht, das jedem von dem Gewitter berichtete, das in ihrem Inneren tobte, eilte sie den gepflasterten Weg bis zu der Treppe und anschließend die drei Stufen bis zum Hauseingang.

Die Tür ging im selben Moment auf, als sie die letzte Stufe erklomm.

„Du kriegst die Tage einen Brief von meiner Anwältin. Und von Jugendamt!" Sie stach ihn mit dem Finger in die Brust und das mehrmals hintereinander, worauf er immer einen Schritt rückwärts ging, bis er schließlich im Wohnzimmer landete. Dort traf sie auf Milan, der auf der Couch saß und den Arm um Bens Schultern gelegt hatte.

„Und du – mein Lieber, mach dich auf was gefasst", fauchte sie Milan an, griff dabei nach dem Arm ihres Sohnes und zog ihn an diesem auf die Beine und von

Milan weg. „Großer“, sprach sie ihn wiederum mit ruhiger Stimme an. „Sei so nett und hol mir aus der Küche ein Glas Wasser.“ Sie wandte sich gleich wieder den zwei erwachsenen Männern zu. „Denn, wenn ich mit diesen beiden fertig bin, wird meine Kehle mit Garantie trocken und vor allem rau wie ein Reibeisen sein!“, brüllte sie zum Schluss und schob Ben in Richtung der Tür, die zur Küche führte. Kaum gab sie mit der Linken ihrem Sohn einen Stoß, damit er die letzten Schritte schneller setzte, zog sie mit der Rechten auch schon ihre Waffe heraus und zielte auf Milan, der den Arm um den Hals ihres Exmannes gelegt hatte und ihn mit seiner Waffe bedrohte. „Echt jetzt?“, fragte sie erstaunt. „Denkst du wirklich, dass mich das beeindruckt?!“

Milan hielt ihn dennoch fest.

„Sieh es endlich ein – du hast es verschissen. Ein einziges Mal im Leben zugeben, dass du Mist gebaut hast, hätte gereicht und niemand wäre dahinter gekommen.“

„Ts!“, entgegnete Milan knapp.

„Blöd, weil der alte Verfechter der überholten Rollenverteilung der Geschlechter in Pension geht und der Neue, um irgendwelchen Statistiken gerecht zu werden, gerade solche Männer wie dich in die Schranken weisen will, nicht wahr?“

„Du musst ja auch so verdammt rechthaberisch sein.“

„Wahrheitsliebend, Milan, nicht rechthaberisch. Das ist ein gewaltiger Unterschied. So gewaltig wie der zwischen einem Gesetzeshüter und einem eiskalten Killer.“

„Du kannst mir nichts beweisen.“

„Da täuschst du dich. Ich werde womöglich nie rausbekommen, wie du es geschafft hast, dass ich die Karten genau für die Plätze neben Bakar Daschajev bekommen habe. Aber das muss ich gar nicht. Dies war dein erster Fehler, weil du vergessen hast, dass ich mir Gesichter sehr gut merke. Der zweite Fehler war, unmittelbar nach der Explosion aufzutauchen. Ach ja – Gesprochenes merke ich mir auch ziemlich gut. „Was heißt – weg?“, war deine Frage und galt bestimmt der Erklärung deiner Komplizen, warum sie das Feuer eröffnet hatten. Und die Antwort hieß bestimmt – weil ich nicht mit der Bombe hochgegangen bin. Dritter Fehler war, weil du den Drei, die aus dem Hubschrauber auf mich geschossen haben und die du später für den misslungenen Schuss hingerichtet hast, ein altes Foto von mir gegeben hast. Zehn Frauen mussten sterben, weil sie Ähnlichkeit mit meinem früheren Erscheinungsbild hatten. Und die Kolleginnen und Kollegen von Anne Maier mussten sterben, weil du deine drei Komplizen in ihrer Mitte erwartet hast, sie sich aber verspätet haben. Nur deshalb konnten sie die Zentrale alarmieren und nur deshalb hat Anne überlebt, weil dir keine Zeit geblieben war, dich davon zu überzeugen, ob du sie alle erwischt hast. Aus diesem Grund hast du dich mit Worten knapp gehalten, damit ich nicht auf die Idee kam, mich am Tatort weiter umzusehen. Blöd nur, dass du aus dem Vorfall in dem Obdachlosenheim nichts gelernt hast. Sonst wüsstest du, dass ich meine Umgebung im Auge behalte und mir der Hubschrauber nicht entgangen ist. Und während du dich darauf konzentriert hast, mich überall als unfähig darzustellen, hast du verpasst, dass ich auch scheinbar unwichtigen

Dingen nachgehe. Ich habe den Hubschrauber ausfindig gemacht und wollte mich an dem besagten Tag mit der Besatzung treffen. Das hat schließlich Anne das Leben gerettet. Aber dein allergrößter Fehler war, Dušan Bakanovič zu töten.“

„Das war ein Irrer!“

„Sein Wahnsinn ruhte bestimmt von den Verbrechen her, die du an Unschuldigen während des Krieges in Bosnien begangen hast.“

„Mit dieser Anschuldigung wirst du vor keinem Gericht bestehen.“

„Zum Glück muss ich das auch nicht. Das übernehmen die Überlebenden des Massakers, die dich erkannt haben. Du kannst dir den Spruch: *I'll be back* sparen, *Terminator*, denn daraus wird nix“, spielte sie den Spitznamen an, den er sich selbst gegeben hatte, um unerkannt zu bleiben. „Du – einer der meist gesuchten Kriegsverbrechern – wirst dich gleich vor zwei Gerichten verantworten müssen. Für die Toten hier und für die Toten von damals.“

„Ben! Ben, komm sofort her!“, brüllte er hysterisch.

„Ben ist schon lange in Sicherheit“, sagte Nina, streckte den Arm mit der Waffe von neuem durch und als er endlich ihren Exmann losließ und die Waffe gegen sie richtete, flogen sämtliche Türen, die das Wohnzimmer besaß, auf und sogar die Fenster wurden eingeschlagen, damit alle im selben Moment ihn ins Visier nehmen konnten. „Sieh es endlich ein, du bist am Arsch.“

23

„Ich werde mich beschweren! Du hast mein Leben in Gefahr gebracht!"

„Verzapf nur weiter so einen Blödsinn, dann könnte es sein, dass sich aus meiner Waffe versehentlich ein Schuss löst!", fauchte sie ihn an.

„Du hättest mir ruhig am Telefon sagen können, dass du im Bilde bist."

„Das war ja der Joke – dass du es eben nicht erfährst! Du kapierst echt nichts, oder?" Nina stieg über die Glasscherben und begab sich den anderen hinterher zur Tür.

Auch ihr Exmann stieg über die Scherben, sah sich um, betrachtete die kaputten Scheiben. „Wer bezahlt mir den Schaden und vor allem – wo kriege ich jetzt schnell neue Fenster her?", jammerte er ihr die Ohren voll.

„Darüber brauchst du dir jetzt wirklich keine Sorgen machen", entgegnete Nina, nachdem Milan abgeführt wurde und man das Haus nach weiteren Komplizen und sogar möglichen Sprengstoff abgesucht hatte.

„Ich werde all das Geld einklagen", setzte er den Krieg, der schon vor der Scheidung zwischen ihnen entfacht gewesen war, fort.

„Welches Geld? Etwa die Alimente, die du mir schuldest?"

„Welche Alimente? Etwa für seinen Bastard?"

Nina holte eine zusammengefaltete Kopie des Ergebnisses von dem Vaterschaftstest, den sie mit der Fruchtwasserprobe am Anfang ihrer Schwangerschaft hatte durchführen lassen. Sie faltete das Papier auseinander und klatschte es ihm an die Brust. „Nur damit du es weißt – du hast deinen Sohn gar nicht verdient! Und jetzt fang endlich an zu packen, denn mit der Verkaufsanzeige hast du gegen Gesetze verstoßen und mit der Aktion hier, hast du dein eigenes Kind in Lebensgefahr gebracht. All die Frauen und Männer, die mich in der letzten Stunde unterstützt haben, werden es, wenn nötig, bezeugen. Geh freiwillig, sonst lasse ich dich hier raustragen und dann erfährt auch dein Arbeitgeber davon."

„Soll er mich doch kündigen, dann wirst du keine Alimente von mir bekommen."

„Sei dir sicher – ich werde keinen Unterschied merken", verkündete sie noch, dann lief sie die paar Stufen runter, anschließend den gepflasterten Weg zum Gartentor, wo sie ihren Sohn in die Arme schloss. „Fahren wir nach Hause", flüsterte sie ihm zu.

„Können wir unterwegs was essen? Ich habe seit der Jause nichts gegessen."

„Ich würde trotzdem gerne zuerst nach Hause", sagte Nina und drückte ihn fest an sich.

„Wieso?"

„Unterwäsche wechseln, ich habe mir vor Angst um dich bestimmt in die Hose gemacht", flüsterte sie ihm diesmal direkt ins Ohr.

„Weiß du was?", entgegnete Ben. „Super Idee – ich wahrscheinlich auch."

24

Fröhlich pfeifend betrat er die Wohnung, machte die Tür hinter sich zu, drehte sich um und – verabschiedete sich schlagartig von seiner guten Laune. „Was machst du hier?“

„Ist auch meine Wohnung, schon vergessen?“ Der Mann lehnte in dem offenen Küchendurchgang und aß entspannt das zuvor geschmierte und belegte Brot.

„Du hast dich hier schon seit Ewigkeiten nicht mehr blicken lassen.“

„Und – was sagt dir das?“

Sheriff hing seine Lederjacke an den Haken der Garderobe, schlüpfte aus den Sneakers und kam auf seinen Bruder zu. „Horch zu …“, sagte er, dann ging er zuerst ins Bad, um sich die Hände zu waschen, danach in die Küche, um sich ebenfalls ein Brot zuzubereiten. „Wir müssen es nochmals besprechen.“

„Da gibt es nichts zu besprechen“, erklärte sein Bruder, während er den letzten Bissen verspeiste. Anschließend leckte er sich die zwei Finger ab, mit denen er das Brot gehalten hatte und drehte sich lediglich auf der Stelle um, um ihn weiterhin im Blick zu behalten. „Wir gehen nach Plan vor. So wie all die Male zuvor.“

„Nein“, entgegnete Sheriff. „Ich … Ich mach da nicht mehr mit“, stellte er klar und biss von dem Brot, das er sich auf die Schnelle zubereitet hatte.

Sein Bruder kam langsam auf ihn zu und blieb hinter ihm stehen. Als sich Sheriff umdrehte, um nachzusehen, warum das Gespräch so urplötzlich stockte, wurde er mit einem Fausthieb zu Boden gestoßen. „Tja – Bro – Pech gehabt. Denn das hast nicht du zu entscheiden", erklärte er und zog den bewusstlosen Körper zur Seite, um das Brot, das Sheriff aus der Hand gefallen war, aufzuheben und es aufzuessen.

AUTORIN

Ich bin keine 18 mehr, habe also schon einiges gesehen, vieles erlebt und noch mehr genossen.

Mein Leben ist vielfältig und genau so schreibe ich auch:

Krimis unter dem Pseudonym **Jar Milla**

Man kann seinem Nachbarn, dem Bäcker oder Friseur begegnen. Ja!, genau dem, der einem schon immer suspekt war. Ich verrate seine dunkelsten Geheimnisse und gewähre Einblick in die Abgründe seiner Seele.

Erotik unter dem Pseudonym **Zoe Zander**

Harte BDSM-Thriller, prickelnde Abenteuer, witzige und sinnliche Kurzgeschichten, um mehr Würze in den Alltag zu bringen.

Fantasy unter den Pseudonymen **Zoe Zander und J. V. Aeron**

Wem unsere Welt nicht genügt, den entführe ich an Orte, an denen noch niemand gewesen ist. Dorthin, wo Zeit und Raum keine Rollen spielen, wo Mächte aufeinandertreffen, von denen noch keiner etwas gehört hat.

Ich erschaffe Charaktere mit Ecken und Kanten, große Helden mit kleinen Macken – keine Statisten, sondern Protagonisten mit Vorgeschichte, Schicksalsschlägen und Träumen, die sie zu Höchstleistungen antreiben.

Einblick in meine persönliche Geschichte gebe ich mit meiner Autobiografie **193 Tage**. Sie soll anderen verwaisten Eltern Mut machen. Denn ja, das Leben ist manchmal verdammt ungerecht.

Besuche mich auf Amazon.

Mehr XXL-Leseproben gibt es auf

www.zoe-zander.at

VORSCHAU

Die bevorstehende Anhörung lässt Kriminalkommissarin Nina Glück hoffen, den Schandfleck aus ihrer Vita bald ausradiert zu bekommen. Nicht einmal der neue Fall kann ihre Vorfreude mindern.

Geheimnisse aufzudecken gehört zu ihrem Beruf. Und nicht nur einmal versetzt sie ein solches in Alarmbereitschaft. Doch diesmal hat die Entdeckung nichts mit ihrem aktuellen Fall zu tun …

WENN MAN SICH VON GRENZEN NICHT AUFHALTEN LÄSST ...

Kommissar Jalak liebt seinen Job. Und er liebt Frauen. Eine Affäre kostet ihn schließlich seine Position und er landet hinter dem Schreibtisch. Ein Kunstraub beschert ihm unverhofft die Chance, seine kriminalistischen Fähigkeiten erneut unter Beweis zu stellen. Doch bald muss er einsehen, dass es in diesem Fall um mehr geht, als nur um ein paar gestohlene Kunstwerke. Die Jagd nach den Dieben führt ihn quer durch Europa bis nach Spanien. Dort wird er unerwartet mit der eigenen Vergangenheit konfrontiert. Sein bester Freund ist ihm mit einem Mal völlig fremd und die Diebe scheinen nur eines im Sinn zu haben: Sein Leben zu beschützen.

WENN EINEM NIEMAND GLAUBT ...

Ob Ehemann, Verlobter, Freund oder Geschäftspartner – die Männer in Julias Leben ereilt stets dasselbe Schicksal.

Rasch stellt sich bei ihr der Verdacht ein, dass die tödlichen Unfälle und Todesfälle mit angeblich natürlichen Ursachen alles andere als zufällig waren.

Doch auch dann, als sie der Polizei ihren Verdacht und sogar haarsträubende Beweise vorlegt, stößt sie bei Inspektor Rukem auf taube Ohren; gerät kurzfristig sogar selbst unter Mordverdacht.

Ihre letzte Hoffnung sieht sie darin, den Fall selbst zu lösen. Aber auch das bringt ihr kein Glück.

www.ingramcontent.com/pod-product-compliance
Lightning Source LLC
Chambersburg PA
CBHW030326160726
47992CB00005B/2173